LES

DROITS DU PORTUGAL

AU CONGO

LISBONNE
IMPRIMERIE NATIONALE
1884

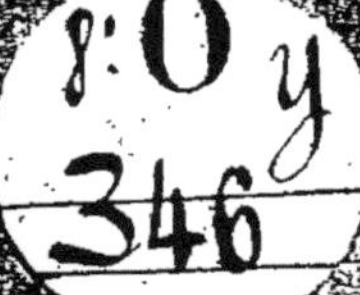

LES
DROITS DU PORTUGAL
AU CONGO

LISBONNE

IMPRIMERIE NATIONALE

1884

TABLE DES MATIÈRES

MEMORANDUM

Le traité anglo-portugais sur le Congo était destiné à mettre fin à une contestation qui durait depuis près de quarante ans entre les cabinets de Londres et de Lisbonne. Malgré le traité de paix, signé à Paris, le 10 février 1763, entre l'Angleterre, l'Espagne, la France et le Portugal — malgré le traité, signé à Madrid, le 30 janvier 1786, entre les délégués de la France et du Portugal, dans lequel la France reconnaît explicitement les droits de souveraineté du Portugal sur la côte de Cabinda — malgré le traité du 19 février 1810, dans lequel on dit que ses stipulations ne seront pas considérées comme invalidant ou affectant les droits de la couronne de Portugal sur les territoires de Cabinda et Molembo (territoires situés au nord de l'embouchure du Zaïre jusqu'au 5° 12′) — malgré le traité du 22 janvier 1815, et la convention additionnelle du 28 juillet 1817, qui confirment les mêmes dispositions — l'Angleterre en 1846 contesta au Portugal les droits qu'elle avait précédemment reconnus, sous prétexte que la traite des nègres se faisait par les ports d'Ambriz et de Cabinda (au sud et au nord de l'embouchure du Congo), et de la non occupation de ces territoires par le Portugal d'une manière effective et permanente.

Après de longues négociations, souvent interrompues pendant l'espace de trente six ans, la question, soulevée de nouveau par le cabinet de Lisbonne en 1882, aboutit au traité anglo-portugais du 26 février dernier, qui n'a pas été ratifié.

Il faut remarquer que pendant ce long intervalle, le Portugal, malgré la contestation de ses droits par l'Angleterre au nord du 8°, a fait occuper l'Ambriz, situé dans la partie contestée. Le commodore Adams, chef de la station navale anglaise, protesta. L'occupation portugaise de l'Ambriz ne se maintient pas moins, avec le plein exercice de tous les droits de souveraineté. Le gouvernement anglais accepta les faits accomplis. L'occupation portugaise a eu de très-heureux résultats, parce que la traite des nègres, qui se faisait sur une grande échelle à l'Ambriz, a cessé sous la surveillance des autorités et de la force militaire portugaises, et le commerce licite a prospéré.

Remarquons aussi que pendant les trente huit ans, écoulés depuis la première contestation des droits du Portugal par l'Angleterre jusqu'au traité du 26 février dernier, le gouverneur de la colonie portugaise d'Angola, quoique empêché d'étendre l'occupation au nord de l'Ambriz, parce que le cabinet de Londres a déclaré à celui de Lisbonne que sa flotte anglaise de la côte occidentale d'Afrique avait l'ordre de s'opposer par la force à cette occupation, ne cessa jamais d'exercer plus ou moins des actes de jurisdiction sur les territoires en litige. Pendant ce long intervalle, le Portugal a dépensé des sommes considérables, et, ce qui est plus, la vie de beaucoup de ses officiers et de ses soldats pour maintenir l'ordre, pour réprimer les tentatives de meurtre et d'incendie, et pour châtier ces attentats, quand ils se produisaient, en somme, pour faire la police, en faveur du commerce de toutes les nations, dans un pays dont on lui contestait la souveraineté !

L'opposition de l'Angleterre à l'occupation portugaise du bas Congo en 1846 provenait de la crainte que le Portugal n'eût pas les moyens suffisants pour empêcher la traite des nègres dans ses parages. La preuve en est que, quelques années plus tard, après l'acceptation des faits accomplis à l'Ambriz, elle proposait au Portugal un traité, qui lui permettrait l'occupation des territoires contestés jusqu'au 5° 12′, si, après un certain nombre d'années il serait reconnu que le Portugal avait pu réprimer complètement la traite des nègres dans les territoires de l'Ambriz. Le représentant du Portugal à Londres a cru, dans son zèle patriotique, devoir refuser un compromis qui soumettait l'exercice des droits incontestables de la souveraineté portugaise à une éventualité.

Si on demande au Portugal pourquoi il a négocié un traité seulement avec l'Angleterre pour la reconnaissance de ses droits sur le Congo, il dira en toute vérité qu'il l'a fait, parce que l'Angleterre était la seule puissance qui contestait ses droits, et qui déclarait qu'elle en empêcherait par la force l'exercice effectif, c'est-à-dire, l'occupation du territoire. Les autres nations n'ont jamais contesté les droits du Portugal, et quelques unes même les lui ont reconnus d'une manière plus ou moins directe. Cabinda et Molembo, c'est-à-dire, toute la côte au nord du Congo jusqu'au 5° 12′, sont nominativement désignés dans l'article 2° de la constitution politique du Portugal, octroyée en 1826 par le roi D. Pedro IV et acceptée par la nation; et dans le droit public européen, comme dans les cartes de la plupart des géographes, ces régions ont été généralement reconnues comme dépendances de la couronne portugaise.

Mais le traité anglo-portugais a rencontré des objections. Il a eu ce singulier privilège, que, tandis qu'en Angleterre ses adversaires le trouvaient désavantageux et presque humiliant pour ce pays, à l'étranger on l'accusait de favoriser exclusivement les intérêts britanniques au détriment de ceux des autres nations. Le cabinet de Londres a bien prouvé l'inexactitude, ou du moins l'exagération de cette manière de voir, en abandonnant facilement son œuvre diplomatique devant les premières objections de quelques puissances. Il a dit au Portugal qu'en vue de ces objections, il serait inutile de le ratifier. Le traité a été considéré comme non avenu.

Dans l'entrevue du 11 mai entre le ministre des affaires étrangères du Portugal et le ministre de Sa Majesté Britannique à Lisbonne, rappelée dans la note du 14 juin de ce dernier, ainsi que dans une circulaire du premier aux représentants de Sa Majesté Très-Fidèle près des gouvernements étrangers, du 13 mai, le gouvernement portugais émet l'idée d'une conférence. Il est heureux de voir qu'elle va se réaliser.

L'Angleterre, il faut le répéter, a été la seule puissance qui a contesté positivement les droits du Portugal. Mais lord Granville a déclaré loyalement à la chambre des lords, dans la séance du 3 mai de cette année « que le motif pour lequel les ministres anglais avaient successivement refusé d'admettre ces droits c'était *exclusivement* la crainte que le Portugal ne reprimât pas suffisamment la traite des esclaves ». Il a dit encore « que les droits du Portugal dataient de quatre cents ans, et qu'il n'y avait pas de raison pour ne pas trouver ses réclamations *parfaitement fondées,* quoique l'Angleterre se soit refusée à les reconnaître ; qu'à ses réclamations aucun autre pays ne s'était opposé ; et que, si le Portugal n'avait pas déjà occupé le territoire, c'était parce que l'Angleterre, *agissant d'une manière peremptoire,* en vue de ses idées anti-esclavagistes, lui avait fait entendre qu'elle s'opposerait par la force à son occupation ».

On objectait au traité anglo-portugais qu'il stipulait la création d'une commission mixte anglo-portugaise pour surveiller la libre navigation du Congo, et que cette commission devrait être composée des délégués non seulement des deux puissances contractantes mais de toutes celles qui avaient des intérêts au Congo, ou de toutes celles qui voudraient s'y faire représenter. Le cabinet de Lisbonne a tout de suite déclaré, même avant que le traité fut abandoné par l'Angleterre, qu'il était tout-à-fait d'accord pour admettre cette modification. On objectait aussi que le tarif de Mozambique, adopté dans le traité pour les territoires du bas Congo, qui allaient être occupés par le Portugal, était trop élevé et nuisible aux intérêts du commerce. Le Portugal ne tient pas au tarif de Mozambique. Ce tarif n'a été choisi que comme étant un des plus moderés de tous ceux qui sont en exécution non seulement dans les colonies portugaises d'Afrique mais dans celles de toutes les autres nations.

Le cabinet portugais déclarait dans les dépêches de 1882 à son ministre à Londres, pour être portées à la connaissance du ministre des affaires étrangères de Sa Majesté Britannique, et surtout dans celle du 8 novembre, qui a inicié la négociation, e du 26 décembre en réponse à une note de lord Granvillé, qui proposait les bases du traité, « que le Portugal n'avait pas la prétention de fermer l'Afrique, mais au contraire de l'ouvrir à la civilisation e au commerce du monde, en facilitant l'accès par les côtes dont il avait l'occupation, et par les fleuves dont l'embouchure se trouvait dans ses domaines », et « que la liberté des grandes voies fluviales étant un principe aujourd'hui heureusement admis comme règle de droit international, il devait l'être encore davantage dans les pays africains, où il s'agissait d'ouvir au commerce et à la civilisation européenne l'intérieur d'un continent arriéré et semi-barbare ».

Les adversaires du Portugal dans cette question objectent contre la juridiction portugaise le régime restrictif et tracassier en matière de douane, les tarifs élevés et les droits differentiels, établis dans les colonies portugaises. Ce n'est pas l'occasion de discuter cette accusation, en comparant le régime économique et le tarif douanier des colonies portugaises avec ceux des autres puissances. La comparaison ne serait pas toujours à la desavantage du Portugal. L'augmentation considérable du commerce dans les colonies portugaises d'Afrique pendant les dernières années en serait une première preuve indirecte. Mais il ne s'agit pas des anciennes colonies portugaises, dont le régime économique a une raison d'être qui n'existe pas à l'embouchure du Congo. Le Portugal n'a jamais eu la malencontreuse idée d'y établir, en occupant le territoire, le régime restrictif de ses autres colonies. Quoique pleinement convaincu de l'incontestable valeur de ses droits, il sait bien que le *summum jus est summa injuria,* et que, en occupant un territoire, jusqu'à présent ouvert, sans restriction ni privilèges, au commerce de tout le monde, et où il y a des intérêts créés à l'abri de la non occupation par une puissance civilisée, quel que soit le motif, il doit tenir compte de ces faits, respecter les intérêts établis, ou, si l'on veut, les droits acquis, et y établir un régime de liberté, exempt de tout monopole, de tout privilège, de toute exception, de toute espèce de droit differenciel douanier, ou de cabotage.

Ce régime de liberté en matière commerciale s'impose surtout, non seulement comme conséquence du respect du aux intérêts créés, mais comme un avantage pour le commerce de tout le monde et pour la civilisation de l'Afrique, dans la rive droite de l'embouchure du Congo, où sont établies les grandes maisons commerciales et la plupart des factoreries de diverses nationalités, qui ont fondé un commerce régulier et étendu avec l'intérieur de cette partie de l'Afrique.

En fait de régime fiscal, dans ce territoire on ne doit exiger du commerce que les taxes nécessaires pour le maintien de la liberté et de la sureté des personnes et de la propriété, ce qui sera un grand avantage pour ce même commerce, en comparaison de l'état actuel, et pour augmenter et maintenir la facilité des communications avec l'intérieur.

Si la non-occupation, contre son gré, a empêché jusqu'à ce moment le Portugal de maintenir d'une manière reguliére et permanent cette liberté et cette sureté, il a exercé souvent, à ses risques et à ses dépens, les actes de répression et de manutention, les actes d'intervention, demandée par le commerce et acceptée par les indigènes, toutes les fois que de graves incidents ou de graves attentats ont appelé au Congo ou aux côtes voisines le secours de ses forces navales et de son autorité!

Le Portugal a été invité comme les autres puissances, plus ou moins intéressées dans les questions coloniales et dans le commerce africain, à la conférence qui se réunira dans peu de jours à Berlin.

Dans l'invitation faite par l'envoyé extraordinaire et ministre plénipotentiaire de Sa Majesté l'Empereur de l'Allemagne, au nom de son gouvernement, à celui de Sa Majesté Très-Fidèle, ont dit «que les gouvernements d'Allemagne et de France sont d'avis qu'il serait désirable d'établir un accord sur les principes suivantes:

1. Liberté de commerce dans le bassin et les embouchures du Congo;

2. Application au Congo et au Niger des principes adoptés par le

congrès de Vienne, en vue de consacrer la liberté de navigation sur plusieurs fleuves internationaux, principes appliqués plus tard au Danube ;

3. Définition des formalités à observer pour que des occupations nouvelles sur les côtes d'Afrique soient considérées comme effectives.

La conférence ne peut faire l'application au Congo des principes adoptés par le congrès de Vienne, et définir les formalités à observer pour que des occupations nouvelles sur les côtes d'Afrique soient considerées comme effectives, sans s'occuper de l'état actuel des territoires riverains du Congo dans sa partie inférieure. Cet état anarchique et en déhors de toute juridiction civilisée ne peut pas continuer. En déhors de la question de droit, il y a la question de l'intérêt universel, il y a la question du fait que la juridiction portugaise a été la seule qui ait été de tout temps reconnue par les indigènes, et la seule que les représentants de puissantes maisons étrangères établies au Congo aient invoqué.

Les derniers événements du Congo, l'incendie de deux factoreries de la principale maison hollandaise, qu'on attribue à des instigations malveillantes, et qui en tout cas sont des actes sauvages d'une basse rivalité ou d'une vengeance inavouable, rendent impossible la prolongation de cet état de choses, et l'absence d'une juridiction civilisée.

On a osé accuser les autorités portugaises de favoriser la traite des esclaves, et on a feint de craindre le rénouvellement, ou plutôt la continuation de l'esclavage au Congo, si on reconnaissait la juridiction portugaise. Pour faire justice de cette vile calomnie, le Portugal a plus que le témoignage insuspect des voyageurs et des explorateurs honnêtes de toute nationalité, il a les preuves que c'est au contraire l'action portugaise qui dans les derniers temps a empêché, et empêche encore à ce moment, l'esclavage dans le bas Congo, partout où cette action peut se faire sentir, et que c'est justement celle-là une des circonstances qui, en froissant des intérêts et des susceptibilités, a créé des adversaires à l'occupation de ce pays par la seule puissance qui en a toujours réclamé le droit.

LE CONGO

La véridique description du royaume africain, appelé, tant par les indigènes, que par les portugais, le Congo, telle qu'elle a été tirée récemment des Explorations d'Edouard Lopez, par Philippe Pigafetta, qui l'a mise en langue italienne.— Traduite pour la première fois en français sur l'édition latine faite d'après les frères De Bry en 1598, d'après les voyages portugais et notamment celui d'Edouard Lopes en 1578, etc., par Léon Cahun, bibliothécaire de la bibliothèque Mazarine.—Bruxelles, J. J. Gay, libraire-éditeur, 1883.

Introduction

. . . .
Quand on prend une carte d'Afrique faite vers 1850, avant les voyages de Barth, de Livingstone et de Speke, et qu'on la compare à une carte faite vers la fin du XVI siècle, après les grandes explorations portugaises de Diego de Cam, de François Govea et d'Edouard Lopez, on s'aperçoit que l'intérieur de l'Afrique était bien moins connu il y a trente ans qu'il ne l'était il y a trois cents ans.

Pendant trois siècles, l'Europe a cherché, avec ardeur, à découvrir le mystère des sources et des crues du Nil, à reconnaître le centre du continent africain ; tant d'héroïques voyageurs ont péri à la tâche qu'on a pu, justement, nommer l'histoire des voyages faits en Afrique pendant le XVIII siècle et la première moitié du XIX siècle « Le Martyrologe Africain ». Un état-major de géographes en chambre donnait de savantes instructions à une légion d'explorateurs, et les dirigeait vers le centre de l'Afrique, par l'Égypte, par la côte de Tripolitaine, par la côte de Guinée, par le Cap, par toutes les voies enfin, excepté par les deux bonnes, que les Portugais du XVI siècle, qui n'étaient dirigés par aucune espèce de savants, avaient prises d'emblée, et sans hésiter. C'est un fait bizarre que, de tant de savants et de tant de voyageurs qui ont rêvé la traversée du continent africain pendant trois siècles, aucun n'ait eu l'idée de lire les indications et les descriptions fort exactes qu'on en publiait à la fin du XVI siècle, ou, parmi ceux qui les avaient lues, de croire à leur exactitude. . . . .
Quand Stanley, à la recherche de Livingstone, découvrit le cours du Lualaba et le Haut Congo, il soutint, mordicus, dans je ne sais combien de conférences et d'articles de journaux, qu'il avait trouvé les vraies sources du Nil ; il lui fallut un second voyage pour reconnaître, au prix de bien des fatigues et de bien des dangers, l'importance de sa propre découverte, et pour constater, aux applaudissements de l'Europe, que ce qu'il prenait pour le Nil était le Congo, et qu'on pou-

vait aller de l'Océan Indien à l'Océan Atlantique par la voie qu'il venait de frayer. Si Stanley, avant son départ, avait lu la même description de l'Afrique imprimée en 1598, il eût été droit au Congo sans discuter et sans tâtonner, et eût suivi, en toute connaissance de cause, la route que le Portugais Edouard Lopez n'était pas le seul à pratiquer, bien longtemps avant lui. Il aurait connu très exactement l'emplacement où habitent les populations guerrières du pays de N'Zigué qui faillirent l'empêcher de passer. Il aurait su qu'il existe dans l'Afrique Equatoriale, deux races, l'une pacifique et relativement civilisée, l'autre, d'humeur batailleuse, qui refoule la première vers la côte occidentale. Il aurait connu les détails de l'une des invasions de ces N'Zigué, dont les traits se rapprochent plus de ceux des blancs que de ceux des autres nègres, qui sont les proches cousins des Zandé du Dr Schweinfurth, de nos Peulhs du Sénégal, et de ces Haoussa que précisément lui, M. Stanley, attire en ce moment à son service.

Si MM. Serval et Griffon du Bellay, et après eux M. de Brazza, lorsqu'ils ont exploré l'estuaire de l'Ogo-Oué et le Gabon, avaient étudié le vieux livre de 1598, ils auraient connu d'avance, l'existence du plateau qui sépare le bassin de ces deux rivières de celui du Congo, et ils auraient dirigé immédiatement leurs explorations vers le Sud-Est, avec la certitude de trouver le grand cours d'eau qui est la véritable porte d'entrée de l'Afrique équatoriale. Ils auraient connu l'emplacement des cataractes du Congo, que M. Stanley a signalées deux cent quatre-vingt-douze ans après Edouard Lopez, et en amont desquelles il faut reprendre la navigation interrompue du fleuve qui conduit de l'Atlantique au bassin du Nil et à l'Océan Indien.

. . . .

... A la fin du XVI siècle, on connaissait beaucoup mieux l'Afrique équatoriale, entre le Nil et le Congo, qu'on ne la connaît actuellement, après les voyages de Speke, de Livingstone, de Stanley, de Brazza, de Serpa Pinto: mais on savait moins bien la décrire. Nous mettrons encore un demi-siècle à retrouver, morceau par morceau, les mines qu'ont vues les Portugais du XVI siècle, les affluents du Congo sur lesquels ils ont navigué, les lacs qu'ils ont visités, les montagnes qu'ils ont escaladées, les églises qu'ils ont bâties.

. . . .

BOLETIM DA SOCIEDADE DE GEOGRAPHIA DE LISBOA

4.ª serie n.º 8 — Lisboa, imprensa nacional, 1883

Les droits du Portugal sur la région du Zaïre

Le Portugal fonde ses droits sur la région du Bas-Zaïre:

1º Sur la *découverte* du pays faite au nom de la nation portugaise, avec l'intention de prendre possession;

2º Sur sa *possession,* prouvée, soit par des actes publics constatant, revendiquant ou réservant sa souveraineté, soit par des établissements politiques ou des actes de juridiction;

3º Sur la *reconnaissance* de ses droits par les puissances européennes exprimée dans des instruments diplomatiques.

1 *Découverte:*

Le 14 avril 1484, un édit du roi de Portugal, Jean II, chargeait Diogo Cam de découvrir de nouveaux territoires africains.

L'année suivante, Diogo Cam découvrait l'embouchure du Zaïre, et il y élevait une colonne de pierre surmontée d'une croix; sur cette colonne il faisait graver des inscriptions commémoratives en latin, en portugais et en arabe.

Par l'érection de ce monument, écrit le Tite Live portugais, João de Barros, Diogo Cam prenait possession au nom du roi de Portugal de toute la côte qu'il laissait derrière lui: «*Como quem tomava posse por parte de El-rei de toda a costa que deixava atraz*».

Diogo Cam établit des relations avec le roi nègre de la côte méridionale de l'embouchure du Zaïre, le roi de Sonho.

Quelques années plus tard, en 1491, une expédition portugaise, commandée par Ruy de Sousa, entrait dans Mbasi, aujourd'hui San Salvador, la capitale du royaume de Congo. Peu après le roi de Congo se convertissait au Christianisme.

Cette expédition portugaise prit part à une guerre que le roi de Congo avait entreprise contre les Anziks ou Mundaquètes, peuple qui semble être les ancêtres des batèkes du Macoco; ils habitaient au delà de l'élargissement fluvial connu aujourd'hui sous le nom de Stanley-Pool. De cette époque datent les relations commerciales des Portugais avec le royaume de Macoco.

Au XVI et au XVII siècles, diverses tentatives sont faites par des explorateurs portugais pour traverser le continent africain en remontant le Zaïre.

II *Possession :*

Ainsi qu'on l'a vu plus haut, la première prise de possession de l'embouchure du Zaïre au nom du Portugal date de 1485.

Au reste, à cette époque, la découverte avait la valeur d'une véritable prise de possession. C'est reconnu dans un document officiel anglais. Henri VII, en effet, accordait à une expédition anglaise l'autorisation de planter, à titre de possession, le pavillon de l'Angleterre sur les terres boréales ou australes qu'elle découvrirait *« pourvu que ces terres n'eussent pas déjà été découvertes par le Portugal »*.

Dès 1485, au retour de Diogo Cam à Lisbonne, le roi de Portugal, Jean II, ajoute à ses titres celui de seigneur de Guinée, comme pour marquer la prise de possession souveraine des territoires africains reconnus par ses sujets.

Aussi en 1575, l'historiographe royal de France, François de Belleforest, comptait le Manicongo, c'est-à dire le royaume de Congo *(Muene,* roi, *Congo),* parmi les pays soumis au roi de Portugal.

Dès l'expédition, 1491, le roi de Congo, Jean I, s'était reconnu vassal de la couronne portugaise, et en 1493 il avait envoyé à Lisbonne un ambassadeur rendre hommage à son suzerain.

C'est par l'intermédiaire du roi de Portugal que, en 1500, son fils Alphonse communique avec le Saint-Siége.

Quelques années plus tard, le roi de Portugal fixait dans une ordonnance les règles de la vassalité du Congo.

En 1509, à la mort du roi de Congo, son fils, Alphonse 1, menacé par un rival, doit la conservation de son trône à l'intervention portugaise.

Peu de temps après, en 1512, ce prince reconnaît formellement sa vassalité dans une lettre qu'il écrit au roi de Portugal.

Divers fonctionnaires portugais sont installés dans le royaume de Congo : un administrateur *(feitor),* qui, en l'absence du roi indigène, prend le titre de gouverneur *(capitão);* des *corregedores,* des *ouvidores,* nantis de droits de justice.

A cette époque, le Portugal s'était réservé le monopole du commerce du Zaïre ; et le gouverneur de l'île de San-Thomé avait ordre de faire saisir tout navire étranger qui serait trouvé dans les eaux du fleuve.

En 1558, le roi de Congo, chassé par l'invasion d'une tribu africaine appelée Iacca, trouve un refuge dans un poste portugais établi sur une île du Zaïre. Douze ans après, une expédition portugaise relève son trône.

En reconnaissance, ce prince cède au Portugal la domination directe de tout le Congo depuis Pinda sur le Zaïre jusqu'à Loanda.

Ainsi au milieu du XVI siècle, le Portugal était, d'une manière incontestée, le maître de la rive méridionale du Zaïre. Peu de temps après, il conquérait sur la rive septentrionale, le Ngoy, aujourd'hui district de Cabinda. En même temps, le roi de Loango, qui autrefois avait été tributaire du roi de Congo, entrait en relations avec le Portugal et demandait l'envoi de missionnaires.

C'est par les missions catholiques, c'est par la fondation d'écoles publiques, non moins que par le commerce et par les armes, que le Portugal implantait alors sa domination sur la côte de l'Afrique méridionale.

Pendant l'union du Portugal à l'Espagne sous la dynastie d'Autriche, les droits du Portugal sur le Zaïre furent maintenus. A deux reprises les hollandais tentèrent en vain de s'emparer du cours de ce fleuve; ils furent chassés en 1606 et en 1609, et le fort portugais de Pinda fut reconstruit (1611).

Aussitôt que le Portugal eût recouvré son indépendance, il chercha à reconstituer sa colonie africaine; Loanda, l'embouchure du Zaïre, toute la côte jusqu'à Loango, furent successivement repris aux hollandais (1648-1660). En même temps la domination portugaise était imposée par les armes aux différents princes indigènes de ces regions, et le drapeau portugais flottait dans l'intérieur du continent jusqu'à Cassange.

Plus tard, en 1723, le Portugal faisait acte de souveraineté au nord du Zaïre, à Cabinda : des aventuriers anglais s'étaient établis dans ce port et s'y étaient fortifiés, une frégate portugaise alla les en chasser.

En 1779, le gouvernement portugais ordonnait d'élever des forts à Molembo, à Cabinda et sur les bords du Zaïre. Cet ordre ne put être réalisé en partie qu'en 1783; une expédition, partie de Loanda, alla occuper Cabinda et y commencer la construction d'un fort. Mais cette tentative ne put aboutir, deux frégates françaises, commandées par M. de Marigny, vinrent s'y opposer. A la vérité, ce conflit reçut ultérieurement une solution favorable aux droits du Portugal.

Les constitutions portugaises de 1826 et de 1838 ont formellement maintenu les droits du Portugal sur l'embouchure du Zaïre et sur Cabinda et Molembo.

En 1839, une corvette portugaise, la *Urania,* parcourut la côte jusqu'à Molembo, faisant reconnaître l'autorité du Portugal par les différents chefs nègres.

En 1853, l'Angleterre tenta vainement d'imposer son protectorat au chef de Cabinda; ce prince se déclara vassal de la couronne portugaise. Il s'appelait François Franque, et avait le grade de lieutenant colonel dans l'armée portugaise. Son successeur, Emmanuel Puna, reçut le titre de baron de Cabinda, il a constamment maintenu la suzeraineté du Portugal sur son pays.

De même le chef de Molembo, reconnu solennellement, en 1854, la suzeraineté du Portugal et fut élevé au grade de colonel dans l'armée portugaise.

En 1860, le Portugal intervint dans le royaume de Congo et rétablit sur le trône le roi legitime Pierre V.

A diverses reprises; en 1853, en 1855, en 1857, en 1869, en 1876, le Portugal a formellement affirmé sa souveraineté sur le cours du Bas-Zaïre par l'envoi de navires de guerre chargés d'y faire la police.

Enfin, en 1859, le monument de Diogo Cam à l'embouchure du Zaïre a été solennellement restauré.

III *Reconnaissance:*

Différents actes internationaux antérieurs à 1786 ont reconnu, d'une manière générale, les droits du Portugal en Afrique.

A la suite de l'intervention navale française qui arrêta la construction du fort portugais de Cabinda, une convention fut signée à Madrid le 30 janvier 1786 entre les représentants de la France et du Portugal; il y était déclaré que «l'expédition dont avait été chargé M. de Marigny n'avait point été faite avec intention de troubler, affaiblir, ni diminuer les droits que Sa Majesté Très-Fidèle prétendait avoir à la souveraineté de la côte de Cabinda»; et la France s'engageait à ne mettre désormais «aucun obstacle, empêchement ou difficulté...... à la dite souveraineté et à son exercice».

Le 19 février 1810, à Rio Janeiro, l'Angleterre concluait avec le Portugal une convention relativement à la traite des nègres; il y était formellement stipulé que cette convention «n'affectait ni n'invalidait les droits de la couronne de Portugal sur les territoires de Cabinda et de Molembo ».

La convention du 22 janvier 1815 confirma cette stipulation.

Enfin, la convention du 28 juillet 1817, additionnelle aux traités de 1815, déclara que le Portugal «réservait ses droits» sur la côte africaine comprise entre les parallèles 5°, 12' et 8° sud, nommément sur Cabinda et Molembo.

Plus tard ces droits du Portugal ont encore été reconnus par l'Angleterre, *d'une manière implicite,* il est vrai: c'est l'ambassadeur d'Angleterre, sir Charles Stuart, qui, présenta à la régence de Portugal, de la part de Pierre IV, alors en Brésil, la constitution de 1826, constitution á l'établissement de laquelle l'Angleterre coopéra de toutes ses forces, même par la voie des armes. Or, l'article 2 de cette constitution spécifie que l'embouchure du Zaïre, Cabinda et Molembo sont territoires portugais.

Depuis lors, la diplomatie britannique a cherché par d'habiles subtilités à restreindre le sens de ces reconnaissances de la souveraineté portugaise en Afrique.

Mais il est indigne d'une grande nation, qui couvre le monde entier de ses colonies, de disputer à un noble peuple, qui a un si grand passé maritime, les débris de son empire colonial.

Si l'Angleterre avait dans ses parchemins diplomatiques un seul des titres que possède le Portugal, il y a longtemps que le drapeau britannique flotterait sur les bords du Zaïre.

Au commencement du siècle, le premier consul avait envoyé un navigateur français, le capitaine Baudin, explorer les côtes de l'Australie. L'Angleterre n'y avait alors qu'un seul poste, Botany-Bay. Néanmoins, le gouverneur de ce poste déclara au capitaine Baudin, qu'il avait ordre de s'opposer à ce qu'il fut fait aucun établissement étranger sur les côtes du continent australien, attendu que l'Angleterre en réclamait la souveraineté exclusive par suite de la prise de possession qu'elle en avait faite.

Or, on vient de le voir, sur la region du Bas-Zaïre, la prise de possession du Portugal est vieille de quatre siècles, et sa domination n'a cessé de s'y maintenir.

F. Romanet du Caillaud.

(D'après le *Memorandum sur la question du Zaïre,* publié par la Société de Géographie de Lisbonne.)
Limoges, 16 novembre 1883.

SIR TRAVERS TWISS ET LE CONGO

Réponse à la « Revue de droit international et de législation comparée » et au « Law magazine and review », par un membre de la Société royale de géographie d'Anvers. — Bruxelles. Office de publicité A. N. Lebègue et Cie. 1884.

. . . .

Il est certain que dans le passé, l'intérieur du Congo a été exploré avec soin par des envoyés portugais, par des missions religieuses. Tous les voyageurs modernes y constatent l'existence des débris de temples élevés à une époque déjà fort ancienne, et, chose digne de remarque, les cartes du XVIe siècle nous représentent, sinon d'une manière très-exacte du moins d'une façon approximative remarquable, la plupart des grandes découvertes modernes. C'est ce qui explique, et les documents officiels en font foi, que le Portugal seul a dépensé plus de deux cent millions pour la conquête et la colonisation de ses vastes possessions de l'Afrique australe.

Il faut donc attribuer à des causes indépendantes de sa volonté, la situation actuelle du Congo. Mais grâce à l'initiative généreuse de quelques hommes énergiques, ce vaillant pays travaille sérieusement à redevenir digne de ses ancêtres. Il reporte toute son attention sur ses colonies d'Afrique, et avant tout sur le Congo. Cette préoccupation s'explique naturellement par les découverets des dernières années, qui ont donné l'élan à la société de géographie de Lisbonne et stimulé le gouvernement: les projets du chemin de fer de Ambaca et de Lorenzo Marques au Transvaal sont dus à son initiative [1].

Sir Travers Twiss est d'avis que les gouvernements doivent empêcher que l'invasion de la civilisation européenne, ne devienne pour les indigènes un fléau, au lieu d'être un bienfait: « L'homme blanc, ancien esclavagiste, doit des compensations aux nègres qu'il a autrefois exploités et vendus. Les gouvernements chrétiens de l'Europe et de l'Amérique devraient prendre des mesures afin que l'œuvre privée, entreprise sous un haut patronage, ne vînt échouer à cause des compétitions européennes elles-mêmes. »

Nous partageons entièrement cette manière de voir. Qui nous dit que sans l'établissement d'une juridiction légitimement reconnue, nous ne verrions pas bientôt dans ce vaste empire du Congo, des territoires anglais, allemands, belges, hollandais, avec des frontières armées, et des forts hérissés de canons, le tout au grand dommage de la civilisation? Le spectacle de nos rivalités, et peut-être un jour de nos hos-

---

[1] *Bulletin de la Société de géographie d'Anvers*, t. VII. *L'Afrique australe et les Portugais*, par le Dr Delgeur, 1er vice-président de la Société, pag. 55 et 56.

tilités, aurait donné aux sauvages que nous avons la prétention de civiliser, une bien triste idée de nos mœurs, et de l'avenir que nous leur
réservons.

La question est de savoir quelle sera cette juridiction.

Comme le dit très bien sir Travers Twiss, «aucun gouvernement
européen n'exerce une juridiction reconnue de tous, sur le fleuve et
ses rives, et lorsque des crimes sont commis, des juges improvisés
ont dû souvent prendre sur eux d'exécuter leur sentence, et le senti-
ment de leur faiblesse les a conduits, dans le but même de leur propre défense, à avoir quelquefois recours à des mesures de sévérité
qu'une autorité constituée n'aurait pas été dans le cas de devoir ad-
opter. »

Comment cet état de choses s'est-il produit? Le gouvernement de
Lisbonne, chacun le sait, a émis de tout temps, des prétentions sur la
possession du Congo et de ses rives ; nous allons voir avec sir Travers
Twiss, la légitimité de ses revendications.

Les Portugais occupaient autrefois le Congo.

En 1838 ils prirent des mesures pour fonder de nouvelles stations,
mais leur initiative fut contrecarrée par l'Angleterre, qui dès 1842
souleva des objections contre une occupation effective.

D'après nous, il ne s'ensuit pas que le Portugal ait abandonné
ses droits ; il semblerait démontré au contraire que son plus vif désir
est d'occuper, sans contestation, des territoires qu'il revendique comme
siens, et dont depuis 1842 il négocie avec l'Angleterre la libre et
tranquille possession.

En attendant qu'une solution intervienne, certains jurisconsultes,
plus philanthropes que diplomates, ont proposé, nous l'avons dit plus
haut, d'établir sur le Congo un contrôle international, comme pour le
Danube.

A ce sujet, sir Travers Twiss estime que le Portugal peut être dis-
posé à objecter que ce contrôle porterait atteinte à ses droits de souveraineté. Si le Portugal était prêt à accueillir tel arrangement qui lui
conférât les droits de juridiction sur la rivière et ses embouchures, l'illustre avocat anglais pense, mais sans dire sur quoi il base ses suppo-
sitions, que le Portugal ne serait pas à même de donner satisfaction
aux réclamations actuelles, pour le présent, et moins encore dans
l'avenir.

Il nous semble que sir Travers, oublie, peut-être un peu volontairement, que si le Portugal n'a pas exercé son autorité sur le Congo,
c'est à l'Angleterre qu'on en est redevable, puisque cette dernière
puissance s'est opposée à l'exercice de ces droits. Affirmer sans preuves probantes, que le Portugal ne serait pas à même de donner satisfaction aux réclamations actuelles, lorsqu'il maintient parfaitement l'ordre dans ses colonies voisines d'Angola, et lorsqu'enfin chaque fois que
son concours a été requis, il a su châtier les pirates sur le Congo,
c'est, pensons-nous, fermer volontairement les yeux à l'évidence.

. . . .

En 1843, le gouverneur d'Angola refusa à sir John Foot, commandant d'un croiseur anglais, de signer un traité au nom du Portugal et
de l'Angleterre, avec le roi du Congo, pour l'abolition de la traite, vu

qu'en sa qualité de vassal du Portugal, le roi du Congo ne pouvait passer de traités internationaux.

Le 25 juin 1848, l'Angleterre proposa au gouvernement portugais l'assistance de ses forces pour la destruction des factoreries d'esclaves d'Ambriz et d'Ambrizette ; la même offre était renouvelée le 1er novembre ; elles furent déclinées par les représentants portugais, le Portugal n'ayant pas besoin de secours étrangers pour faire la police de son territoire ; les factoreries furent détruites l'année suivante par les forces navales portugaises.

Malgré ces preuves d'énergie et de vitalité, le gouvernement de Lisbonne s'abstint, par courtoisie envers une nation amie et alliée depuis des siècles, avec laquelle il avait entrepris la campagne contre la traite des nègres, et partagé la possession d'une grande partie du continent africain, de donner suite au projet d'occupation effective au Congo.

Toutefois le 20 janvier 1855, le gouvernement portugais fit occuper définitivement Ambriz et y nomma un gouverneur général, afin de faciliter la répression de la traite, et l'exercice d'un commerce licite : l'Angleterre accepta le fait accompli.

Le 26 décembre 1856, le district de Bembe, dit de Pedro V, fut annexé au nouveau district d'Ambriz qui dès lors se trouva borné, du côté du littoral, par le Lefune et le fleuve Congo : l'Angleterre ne protesta pas davantage.

D'autres preuves du réveil de l'influence portugaise à cette époque au Congo ne nous manquent pas. En 1853 les Anglais voulurent faire reconnaître leur souveraineté sur le territoire de Cabinda ; il fut déclaré à Loanda, par le roi de Cabinda et par les autres chefs, que l'ancienne souveraineté portugaise était la seule reconnue dans la région, et la meilleure preuve que l'on puisse en avoir, c'est que tous les documents de la navigation côtière sont officiellement dressés, par le gouverneur de Loanda, au nom et par autorité de la juridiction portugaise, et cela en vue même des réclamations anglaises.

La même année, à la suite de mésintelligences survenues entre des négociants européens à Ponta da Banana, les Portugais durent intervenir ; les chefs rebelles renouvelèrent leur serment de vasselage au Portugal et livrèrent les coupables, qui furent jugés à Angola. Un accord fut sanctionné entre négociants et indigènes, proclamant, comme arbitre dans les litiges à venir, le gouverneur général de la province, et les Européens demandèrent au Portugal de faire surveiller et protéger par un navire de guerre leurs établissements et factoreries.

En 1855, de nouvelles dissensions éclatèrent, suivies d'attentats ; toujours, grâce à l'intervention des Portugais, l'ordre fut rétabli ; négociants et indigènes acceptèrent un règlement de coutumes et de transactions, qui était subordonné à la sanction et à l'arbitrage du gouverneur de la province ; une punition sévère fut infligée aux indigènes qui avaient assailli la factorerie anglaise.

Enfin en 1857, nouvelle campagne pour protéger le commerce européen contre les Mussorongos.

Il nous paraît intéressant de constater que ces diverses expéditions déterminent l'inauguration réglementaire du régime en vigueur pour le commerce des établissements européens au Congo ; aucune distinction n'est faite entre le commerce national et le commerce étranger ; tous sont également protégés, afin de faire comprendre aux indigènes que le drapeau portugais sauvegarde et défend tous les intérêts européens indistinctement. Si, comme le soutient sir Travers Twiss, l'Angleterre n'a pas expressément reconnu les droits de souveraineté du Portugal, il ne s'ensuit pas moins que ces droits ont été bien des fois exercés, et nous démontrerons plus loin que s'ils sont contestés par l'Angleterre, ils sont parfaitement reconnus par d'autres puissances, la France en tête.

Si le Portugal n'a pas toujours occupé d'une façon effective les territoires qu'on lui conteste, c'est par déférence seule pour l'Angleterre, on ne saurait assez le répéter ; depuis la répression de la traite, il y avait des intérêts communs ; le Portugal était en quelque sorte l'associé de l'Angleterre (ce qui explique sa longanimité), et il négociait avec elle un arrangement définitif reconnaissant *tous* ses droits.

. . . .

La seule question qui reste à examiner est de savoir si le Portugal est capable de maintenir l'ordre, de protéger les marchands, et les missions dans leurs entreprises licites, de supprimer la traite des esclaves, et de maintenir la liberté de la navigation au Congo.

L'Association africaine de Liverpool prétend que quoique le Portugal occupe depuis des siècles plus de 1800 milles de la côte de l'Afrique, ni le commerce ni la civilisation n'ont fait de progrès marqués dans ces colonies, et ils prédisent que l'extension de la juridiction du Portugal sur les territoires en question aurait pour résultat inévitable la destruction du commerce anglais et l'interruption complète du progrès et de la civilisation dans cette partie du monde.

Ce sont là des accusations graves ; voyons si elles sont fondées.

Les troubles qui agitèrent le Portugal au commencement du siècle ; les événements de 1817 à 1825 au Brésil et à la Plata, qui avaient forcément détourné l'attention du gouvernement portugais de ses possessions africaines, en attirant vers l'Amérique son énergie et ses forces ; une longue et terrible guerre civile qui sévit sur la mère patrie de 1826 à 1834 ; les dissensions intérieures à peine apaisées, et l'expédition de 1838, les entraves apportées par l'Angleterre au développement de la puissance coloniale du Portugal ; l'état même du commerce qui avait pour principal objectif la traite des nègres, et qui par suite de l'abolition de l'esclavage, fut entièrement bouleversé ; l'insalubrité du climat, la paresse des noirs, leur antipathie pour le travail, antipathie qui s'est encore accentuée après leur affranchissement, sont autant de raisons qui expliquent la lenteur des progrès réalisés en Afrique.

Les autres nations européennes qui se trouvent dans des circonstances semblables ont-elles beaucoup mieux réussi en Afrique ?

A Sierra-Leone, cette colonie de prédilection qui a coûté tant de soucis et d'argent, le succès a-t-il été aussi satisfaisant qu'on aurait pu le souhaiter ? Les résultats obtenus à la Côte d'or surpassent-ils de beaucoup ce qui s'est accompli à Angola ? Le capitaine Burton, dont le témoignage ne saurait être suspect à sir Travers Twiss, dit lui-même que la société d'Angola n'est nullement inférieure à celle d'aucune colonie anglaise de l'Afrique occidentale. Et le Sénégal, et le Gabon, inutile d'insister, n'est-ce pas? Nous aimons trop la France, pour ne pas applaudir et de tout cœur, à ses efforts persistants de colonisation lointaine; mais nous avons la conviction que ses écrivains ne nous contrediront pas.

Disons ce qu'ont fait les Portugais dans la colonie voisine d'Angola.

A Loanda, un observatoire, le seul de l'Afrique tropicale, de nombreuses écoles, dont une d'arts et de sciences, attestent les progrès accomplis. Les bateaux à vapeur qui naviguent sur le bas Kouanza, les fils télégraphiques qui mettent Loanda en communication avec l'intérieur, les études faites en vue de la création de chemins de fer, les concessions demandées, l'administration de lois empreintes d'humanité, et qui n'admettent pas la peine de mort, les juges indépendants des autorités politiques, l'autorisation donnée aux étrangers d'acquérir des terres et d'exploiter les mines, et ce qui est plus important encore, la liberté religieuse la plus complète, tous ces progrès affirment les grands pas que le Portugal a faits dans la voie de la vraie liberté. C'est une politique commerciale plus libérale, c'est l'admission des navires étrangers, c'est la suppression des entraves restreignant les transactions, qui ont augmenté considérablement aussi le chiffre des importations et des exportations dans ces dernières années; en 1876, elles atteignaient déjà un million de livres sterling, et elles n'ont fait que se développer depuis.

. . . .

L'EXPLORATION

Revue des conquêtes de la civilisation sur tous les points du globe. Recueil géographique hebdomadaire publié sous la direction de M. Paul Tournafond.— Tome xv. 1.ᵉʳ semestre 1883. N.° 310.—Paris, aux bureaux de la Revue, 195 Boulevard Saint-Germain, 1882.

La situation des établissements français et portugais du Congo, au point de vue du droit international

Les jurisconsultes se sont demandé si la découverte des pays inconnus était un moyen de les acquérir.

Il semble que cette question n'ait plus aujourd'hui qu'une importance théorique : «La découverte de l'Amérique et celles qui, vers la fin du moyen âge, ont été faites en Asie et en Afrique, ont introduit dans le droit international un nouveau mode d'acquisition et de possession, écrit M. Calvo *(Le Droit international théorique et pratique,* 1880, 3ᵉ édition, t. 1ᵉʳ, p. 320): nous voulons parler de la priorité de découverte, de la première occupation et de la colonisation. L'état des choses est bien changé depuis l'époque des grandes découvertes jusqu'à la fin du siècle dernier; il ne reste plus, à proprement parler, de contrée à découvrir, selon la portée exacte du mot; l'exploration, qui remplace la découverte, a déjà scruté presque tous les coins du globe; il n'est guère que quelques régions de l'intérieur de l'Afrique et quelques îles de l'Océanie qui aient jusqu'ici échappé à ses recherches».

La question du Congo est une application de la question plus générale que nous avons posée, et elle montre l'importance qu'il y a à la résoudre.

Pour avoir un droit exclusif de souveraineté sur une terre, suffit-il de l'avoir découverte? Si la priorité de découverte ne suffit pas, quels sont les faits nécessaires pour constituer ce droit de souveraineté?

L'opinion unanime des auteurs est qu'il ne suffit pas d'avoir découvert un pays pour en être souverain. Un journal annonçait pourtant dernièrement les prétentions de la Hollande, qui s'appuyaient sur la priorité de découverte; mais cette opinion est rejetée par tout le monde, et elle entraînerait des difficultés sans nombre, tant il faudrait consulter de documents, souvent contestables.

Il ne suffit pas même d'avoir pris possession d'une terre par l'érection d'emblèmes, tels que drapeaux, inscriptions, croix, etc. L'érection de ces emblèmes suffisait autrefois : c'est ainsi que Colomb, Balboa, Cabral déclarèrent annexer aux Etats de leurs souverains les Antilles, l'Amérique Centrale, le Brésil.

Il faut une prise de possession effective, consommée soit par les ordres, soit avec la permission du gouvernement. La prise de possession peut s'opérer par des particuliers; mais si ceux-ci ont agi sans pouvoirs, leurs actes doivent être ratifiés par l'Etat duquel ils dépendent, pour que leur occupation revête un caractère définitif et valable à l'égard des autres Etats (Calvo, p. 320.)

Mais qu'entend-on par une prise de possession effective? C'est, nous dit-on, un commencement d'organisation administrative et d'exploitation commerciale et industrielle.

On comprend en effet que, s'il suffisait à une nation de déclarer sa volonté de posséder une contrée pour en devenir souveraine, on pourrait annexer ainsi de vastes étendues de territoire; si une autre nation venait ensuite s'y établir, des discussions, des luttes sanglantes même éclateraient entre elles; la seconde aurait peut-être ignoré ou feint d'ignorer la prise de possession effectuée par l'autre; enfin une grande partie du globe serait laissée ainsi inexploitée, étant sous la domination des puissances qui n'y enverraient pas de colons, n'y feráient aucun commerce et en laisseraient les richesses inutiles.

Ainsi, nous appuyant sur la difficulté de prouver la priorité de découverte et sur l'inutilité d'une souveraineté purement nominale, nous exigeons une prise de possession effective, *animo et corpore,* suivie d'un commencement d'exploitation commerciale et industrielle et d'organisation administrative. Nous aurons ainsi un criterium certain de la souveraineté.

Néanmoins, dans application, des difficultés surgiront: on pourra contester l'existence sérieuse de cette exploitation, on pourra hésiter quand il s'agira de fixer ses limites et par suite de la souveraineté. Il serait donc bon que les droits de chacun fussent fixés par des traités: les traités en effet déterminent les prétentions de chacun et décident dans quel moment on en tiendra compte. Lorsqu'un pays a été reconnu par des actes diplomatiques comme faisant partie intégrante d'un Etat, peu importe que celui-ci ne tire point de sa souveraineté un profit suffisant, nul ne serait admis à contester les droits solennellement avoués.

On pourrait dire que, dans le cas où il y a un traité, il y a une déclaration expresse de volonté des Etats qui ont participé au contrat; lorsqu'il n'y a point de traité, il n'y a qu'une déclaration tacite. On n'aura donc à examiner s'il y a ou non des signes de souveraineté, que lorsque les traités n'auront pas expressément réglé la situation diplomatique des pays.

Nous pouvons jeter un coup d'œil sur l'historique et de la question donner quelques exemples de la manière dont elle a été résolue.

La bulle du pape Alexandre VI avait partagé les nouvelles découvertes entre les Espagnols et les Portugais; le traité de Tordesillas, conclu entre les deux nations le 7 juin 1494, mit fin momentanément à la discussion qui s'était élevée entre elles, mais il suscita plus tard d'interminables questions de limites. La ligne de démarcation entre les terres dont le privilége appartenait à l'Espagne et celles que le Portugal avait seul le droit d'occuper, fut fixé à 370 lieues des îles Açores. Le Portugal et l'Espagne prétendirent donc au domaine de l'Océan et au monopole du commerce avec les nouvelles découvertes. Une nouvelle ligne fut tracée à l'est des îles Philippines; le monde était partagé entre les deux royaumes de la péninsule ibérique.

Mais la théorie de la liberté des découvertes fut soutenue en même temps que celle de la liberté des mers. Grotius, dans son *Mare liberum*, combattit les droits que s'arrogeaient les Portugais au commerce exclusif des Indes. Une vaste contrebande s'organisa, et de nombreux navires anglais, français, et plus tard hollandais, allèrent aux Indes, au Brésil particulièrement; des luttes cruelles s'engagèrent entre les diverses nations. En 1526 João III enjoignit à tous ses sujets, sous peine de mort, de couler les navires français qui allaient au Brésil. Des négociations furent entamées, elles n'aboutirent pas. François I rendit bien en 1538 une ordonnance défendant à ses sujets de faire le commerce au Brésil et en Guinée, «ni aux terres découvertes par les rois du Portugal, sous peine de confiscation de tous navires et denrées et marchandises», mais elle fut rapportée presque aussitôt.

En 1538, Bertrand d'Ornesan, baron de Saint-Blancart, protesta énergiquement contre la prise de son navire la *Pèlerine*. Jusqu'au commencement du XVIIe siècle, les Français furent nombreux au Brésil; ils allèrent aussi en Guinée, où ils fondèrent des établissements; puis ce fut à Madagascar. Les Hollandais ne respectèrent jamais les prétendus droits du Portugal et de l'Espagne sur les nouvelles découvertes, et les Anglais n'en tinrent pas compte davantage. «Il faut, écrivait Jean Parmantier, que les Portugais aient bu de la poussière du cœur du roi Alexandre pour montrer une ambition si démesurée. Ils croient tenir dans une seule main ce qu'ils ne pourraient embrasser avec toutes les deux, et il semble que Dieu ne fit que pour eux les mers et la terre et que les autres nations ne sont pas dignes de naviguer. Certainement, s'il était en leur pouvoir de fermer les mers depuis le cap Finistère jusqu'en Irlande, il y a longtemps qu'ils l'auraient fait. Ils n'ont pas le droit d'empêcher les négociants d'aborder aux terres dans lesquelles ils n'ont pas planté la foi chrétienne et où ils ne sont ni admis ni obéis [1]».

Mais si l'on revendique le droit de faire des découvertes, si l'on nie la possibilité de prendre possession d'un pays qu'on n'a point touché, par une simple déclaration de volonté, chacun croit qu'il a la souveraineté exclusive de tous les pays où il a mis le pied. On pourrait en citer des exemples nombreux.

Dans les temps modernes, pour établir leur souveraineté, les nations ont évité de se fonder uniquement sur la priorité de découverte; elles se sont appuyées également sur une longue possession, sanctionnée par les traités. C'est ce qui a eu lieu lorsque l'Espagne a revendiqué la souveraineté de toute la côte nord-ouest de l'Amérique (1789); de 1821 à 1825, quand la Russie réclama ses droits sur le territoire

<hr>

[1] Gaffarel, *Histoire du Brésil français*, p. 86.

d'Alaska; en 1846, quand l'Oregon fut disputé entre l'Angleterre et les Etats-Unis.

Pour savoir quel est le souverain d'un pays, il faut donc examiner par qui ce pays a été découvert; — qui l'a exploité depuis; quelles sont les limites de l'exploitation; — enfin si les traités étendent ou restreignent les droits fondés sur l'exploitation.

Il est incontestable que le Portugal a découvert toute la côte de l'Afrique Australe. Nous n'avons pas à faire ici le tableau des exploits de ce hardi peuple de navigateurs.

Il n'a point de droits sur les régions qu'il a seulement découvertes.

Mais il a introduit une organisation administrative dans les provinces d'Angola, de Loanda, de Mozambique. Il y a installé des gouverneurs, et si dans l'intérieur il n'a point de fonctionnaires, du moins les roitelets nègres se reconnaissent vassaux de la couronne du Portugal; ils sont protégés par elle. La civilisation portugaise a laissé une empreinte profonde sur toute cette région; des mulâtres, sujets du Portugal y font le commerce et s'avancent très loin dans l'intérieur.

Sur la côte, des traités délimitent le droit de souveraineté du Portugal. En 1786, un traité cité par le *Mémorial diplomatique* du 2 décembre dernier et rapporté dans la collection des traités du Portugal (t. IV, p. 412 et suiv.) est intervenu entre la France et le Portugal. Louis XV reconnut la souveraineté du Portugal sur la côte de Cabinda, au nord de l'embouchure du Congo, mais obtint pour ses sujets le droit d'y faire le commerce. «L'expédition dont a été chargé M. de Montigny n'a point été faite avec l'intention de troubler, affaiblir ni diminuer les droits que la Reine très fidèle prétend avoir à la souveraineté de la côte de Cabinda, comme faisant partie du royaume d'Angola, et en conséquence Sa Majesté très chrétienne donnera des ordres plus précis pour que ses gouverneurs, ses officiers ou ses autres sujets ne mettent directement ou indirectement le moindre obstacle, empêchement ou difficulté, soit avec les naturels du pays, soit d'une autre manière, à la dite souveraineté et à son exercice».

Ainsi le Portugal avait par ce traité fait reconnaître ses droits de souveraineté même au nord du Congo; et au sud du fleuve il se réservait le droit exclusif de faire du commerce.

C'était en effet l'époque où le droit de faire le commerce dans un pays était considéré comme réservé au souverain et aux personnes autorisées par lui; en France, il y avait des compagnies privilégiées pour le commerce des Indes, du Sénégal, etc. Il en était de même en Portugal. Et lorsqu'un souverain laissait tous ses sujets libres de naviguer et de commercer librement sur les côtes de ses colonies, il n'y autorisait pas par cela même les sujets des autres princes; il fallait qu'il leur accordât spécialement ce droit par un traité spécial; c'est justement ce que fait le roi de Portugal dans le traité de 1786. Il concède le droit de faire le commerce dans des terres dont il a et prétend garder la souveraineté. Cette distinction est capitale; elle n'a pas été bien aperçue par le *Temps*. qui consacrait il y a quelques semaines un article important à contester les droits du Portugal au Congo.

Dans le traité du 9 février 1810 (art. 10) l'Angleterre déclare que les stipulations du présent article ne seront pas considérées còmme affectant en aucune manière les. droits de la couronne de Portugal sur le territoire de Cabinda et de Molembo. Le traité du 22 janvier 1815 fait allusion à celui de 1810 (art. 2) et la convention additionnelle du 28 janvier 1817 mentionne expressément le territoire de Cabinda et de Molembo.

Sur la côte, les droits du Portugal s'arrêtent à 5° 12', c'est-à-dire un peu au nord de Landana ; dans l'intérieur, les traités ne les ont point déterminés, car l'intérieur était presque inconnu à l'époque où les traités ont été passés, et on ne prévoyait pas l'importance qu'il aurait un jour pour le commerce.

Dans l'intérieur du pays, nous n'avons d'autre criterium que les limites de l'exploitation commerciale. Or cette exploitation n'a jamais de ce côté dépassé le Congo. Quant à l'organisation administrative, elle n'existe point dans l'intérieur, les roitelets indigènes sont seulement vassaux du Portugal ou vassaux des rois du Congo, qui, convertis à la foi chrétienne au XIV° siècle, portent des noms portugais ; les limites seront donc celles de l'exploitation commerciale et celles de l'ancien royaume du Congo.

Vis-à-vis des rois ses vassaux, le Portugal est dans une situation analogue à celle du gouvernement des Etats-Unis vis-à-vis des chefs indiens. «On conteste aux Etats, dit M. Calvo, le droit de s'incorporer une plus grande étendue de territoire qu'ils n'en peuvent civiliser et administrer. Il faut bien comprendre toutefois que cette contestation ne saurait s'appliquer qu'aux acquisitions ou aux occupations récentes, et non aux possessions déjà anciennes, consacrées à la fois par le temps et le droit historique, lesquelles forment, à proprement parler, une exception généralement admise à la règle qui précède. Lorsqu'un Etat est en possession d'un pays, tout ce que ce pays renferme devient sa propriété, quand même son occupation ne serait effective que sur une portion du pays. S'il y laisse des lieux incultes ou déserts, personne n'est en droit de s'emparer de ces lieux sans son acquiescement. L'Etat possesseur a beau n'en pas faire usage actuellement, ces lieux lui appartiennent, dépendent de sa souveraineté ; il n'a à rendre compte à personne de la façon dont il use de sa propriété. Telle est la situation particulière des État-Unis, du Mexique et des Etats de l'Amérique du sud, qui possèdent de vastes territoires encore non peuplés ou habités par des tribus sauvages. On comprend que la colonisation ne peut s'établir que lentement et graduellement dans ces vastes contrées (t. Ier, p. 321). »

. . . .

L. D.

LE NORD

JOURNAL INTERNATIONAL

N° 45. — Samedi 10 Novembre 1883. — Bruxelles

Le Congo et l'Angleterre

Les négociations entre le Portugal et l'Angleterre au sujet de la reconnaissance, par le second de ces Etats, de la souveraineté du premier sur les territoires situés à l'embouchure et au nord du Congo jusqu'au 5° 12′ latitude S. sont, d'après des informations que nous croyons mériter toute créance, bien près d'aboutir à une entente complète des deux pays.

Cette question de reconnaissance a été à ce point embrouillée par certaines polémiques que, dans la plupart des discussions dont elle est l'objet, on en est arrivé à se méprendre complètement sur la portée et sur le caractère des négociations. Ainsi, à entendre M. Stanley dans sa lettre à la section de géographie de la *British association*, il semblerait qu'il dépendrait de l'Angleterre de faire que les droits du Portugal n'existent pas. Déjà précédemment quand il a été parlé d'un projet de cession à l'Angleterre par le Portugal du fort de St-Jean d'Ajuda sur la côte de Dahomey, on a fait de cette cession une sorte de marché s'appliquant à la possession des territoires de Cabinda et de Molembo et plusieurs journaux ont exprimé leur étonnement de ce que l'Angleterre s'arrogeait le droit de disposer de ce qui ne lui appartient pas. C'est inutilement qu'on leur fait observer qu'il ne s'agit de rien de pareil; ils répondent par cet argument qu'ils croient péremptoire: mais s'il en est autrement, si les droits du Portugal sont incontestables, pourquoi un traité avec l'Angleterre?

La réponse se trouve aussi claire que catégorique dans un traité dont jusqu'ici il n'a pas été fait mention dans les discussions auxquelles on s'est livré et qui méritait bien cependant qu'on s'y arrêtât un peu, car il est le point de départ de la question à laquelle se rapportent les négociations. Ce traité est celui de 1661 qui intervint entre la Grande-Bretagne et le Portugal quand l'infante Catherine de Bragance, fille du Roi de Portugal Jean IV, et sœur du successeur de ce prince, le Roi Alphonse VI, fut mariée au Roi d'Angleterre Charles II. Le Portugal céda à la Grande-Bretagne la ville de Tanger en Afrique, l'île de Bombay dans les Indes et donna à la jeune princesse une dot de 2 millions de cruzades, moyennant quoi la Grande-Bretagne s'engageait à secourir son allié le Roi de Portugal partout où

il serait nécessaire et à garantir toutes les possessions de la couronne
de Portugal contre quelque attaque que ce soit. Ce traité non seulement est encore en vigueur parce qu'il n'a jamais été dénoncé par l'une
ou l'autre puissance ni contredit dans aucune convention ultérieure;
mais les stipulations en ont même été confirmées dans des traités pos-
térieurs. En 1793, au moment où la guerre éclatait entre la France et
l'Angleterre, un traité était signé dans lequel était affirmée l'obligation
pour l'un et l'autre contractants de «maintenir leurs intérêts communs
et la sûreté de leurs dominations respectives» et dans le traité de 1817
où la même obligation était consacrée en termes formels, il est dit
qu'elle s'applique á «quelqu'un que ce soit des intérêts, droits, possessions ou dominations, en quelque temps que ce soit et d'une manière quelconque, par mer ou par terre». L'Angleterre, à l'heure
qu'il est, reste donc tenue de garantir le Portugal dans le territoire
continental comme dans les possessions d'outre-mer de ce dernier,
contre les attaques dont celles-ci ou celui-là seraient l'objet et de cette
obligation découle le droit pour elle de préciser quelles sont ces possessions.

Jusqu'ici la question est restée ouverte en ce qui concerne les
territoires adjacents à l'embouchure du Congo jusqu'au 5° 12' latitude
S. Dans le traité de 1810 à la fin d'un article ayant trait à certaines mesures restrictives du commerce des esclaves, il est dit: «Qu'il soit cependant entendu distinctement que les stipulations du présent article
ne doivent pas être considérées comme rendant nuls ou affectant le
moins du monde les droits de la couronne de Portugal aux territoires
de Cabinda et de Molembo». Ces droits, la Grande Bretagne ne les
contestait pas, elle s'interdisait même de les contester, mais elle ne
leur accordait pas les bénéfices d'une reconnaissance explicite; elle
définissait les territoires dont il s'agit: des territoires «sur lesquels Sa
Majesté Très Fidèle a expressément déclaré s'être réservé des droits».
Il n'est jamais entré dans la pensée de la Grande-Bretagne de revenir
sur ces engagements, mais quand on lui a demandé d'aller au-delà et
de reconnaître expressément les droits réservés, ce qui impliquait
l'obligation de garantir au Portugal la possession des territoires auxquels ils se rapportaient, elle a soulevé des difficultés, peut-être afin
de faire attacher plus de prix à la reconnaissance qu'on lui demandait
et d'obtenir certaines concessions en échange de l'obligation qu'elle
assumait, et il est vraisemblable que si son adhésion au projet de
traité actuel a été aussi lente à venir, la lenteur doit s'expliquer au
moins en grande partie par l'arrière-pensée de faire sentir au Portugal
les effets de la contrariété qu'elle a éprouvée de l'abandon du traité
de Lourenço Marques.

Quant aux droits mêmes du Portugal, ils ne peuvent être contestés.
Tout récemment encore ils ont été reconnus et affirmés de la façon
la plus catégorique et cela au regard non pas de telle ou telle puissance stipulant pour son compte personnel, mais du droit international
européen actuel dans des conditions qui excluent la prétendue prescription dont a argué M. Stanley. C'était en 1870. Le 2 décembre,
pendant la guerre franco-allemande, le gouvernement allemand, par
l'intermédiaire de son ministre plénipotentiaire à Lisbonne, réclama

contre la capture d'un navire allemand, *Héro,* par une corvette de guerre française dans les eaux territoriales du port de Banana à l'embouchure du Congo, en invitant le gouvernement portugais à prendre les mesures nécessaires en vue de cette violation de la neutralité de son territoire. Peu après arriva en Europe la nouvelle que le gouverneur français du Gabon, où la corvette avait amené sa prise, avait fait mettre en liberté l'équipage du *Héro* et reconduire ce navire dans le port de Banana dans les eaux duquel il fut conservé jusqu'à la fin de la guerre. Le gouverneur avait reconnu que la capture du *Héro* avait été faite indûment en violation du droit des gens, c'est-à-dire qu'elle avait été opérée dans les eaux territoriales d'un État neutre. Pour la France comme pour l'Allemagne, le Portugal était légitime possesseur de l'embouchure du Congo et des territoires adjacents. Le gouvernement français, pas plus aujourd'hui qu'alors, ne conteste les droits du Portugal. M. Duclerc l'a déclaré au sein d'une commission de la chambre des députés, lorsque fut présenté par lui le projet de loi ratifiant le traité Brazza et, d'autre part, les ministres portugais ont déclaré maintes fois dans la chambre des députés de Portugal que les droits de celui-ci n'étaient, à aucun degré, en contradiction avec ceux que la France tient du traité Brazza. Aucun antagonisme de droits n'existe donc entre ces deux puissances, et c'est exclusivement au regard de l'Angleterre que se trouve posée la question de la reconnaissance des droits du Portugal, et cela dans les termes particuliers que nous venons d'indiquer.

En 1877, le consul de Sa Majesté Britannique à Angola demandait au gouverneur des puissances portugaises de réprimer les abominables excès pratiqués par quelques Européens dans les territoires baignés par le Congo près de son embouchure, et de mettre un terme aux attentats contre la vie et la liberté des nègres dans ces parages. Pareille invitation ne s'expliquerait pas si elle ne dérivait pas des droits de souveraineté du Portugal sur la région où les excès et les attentats avaient été commis. Le gouvernement d'Angola défèra à la demande du conseil, il envoya un navire de guerre au Congo, il ouvrit une enquête judiciaire sur les faits et lança des mandats d'amener contre les coupables.

En maintes autres circonstances, le Portugal prit des mesures analogues et il intervint pour résoudre des contestations entre les indigènes et les Européens et pour protéger la vie et les propriétés des blancs. Tout récemment encore, au mois de juillet de l'année courante, les secours de la canonnière de guerre, le *Bengo,* furent réclamés par le gérant de la *Central african et River Congo company Limited* contre un chef nègre qui avait attaqué les factoreries de cette compagnie à Quissango. La thèse de la prescription des droits du Portugal est donc aussi insoutenable que celle de la négation de ces droits. Les obligations dérivant de la souveraineté ayant été remplies, les droits, loin d'avoir été prescrits, ont été matériellement consacrés.

En ce qui concerne l'Angleterre, il est encore à noter que ce fut un ambassadeur anglais, sir Charles Stuart, qui présenta à la Régence du Portugal, de la part de Pedro IV alors au Brésil, la charte constitutionelle de la monarchie portugaise, laquelle déclare à l'article 2e que Cabinda et Molembo sont des territoires portugais. Il semble d'ailleurs, au point de vue international, que la reconnaissance d'un gouvernement constitutionel doit impliquer nécessairement celle de son état territorial tel qu'il est expressément défini par la constitution ou par la charte en vertu de laquelle ce gouvernement est établi.

. . . .

LE MÉMORIAL DIPLOMATIQUE

Samedi 11 Octobre 1884.—Paris

La question du Congo

La question du Congo s'éclaircit de jour en jour. L'Europe ne manque jamais de se laisser séduire par l'idée de civiliser l'Afrique, de pénétrer les mystères du continent ténébreux et d'ouvrir de nouveaux marchés au trop plein de sa production industrielle.

Le voyageur énergique, qui, après avoir traversé l'Afrique au prix de nombreux sacrifices et des plus grands dangers, vient raconter ses aventures périlleuses au monde émerveillé, doit forcément fixer l'attention du public français et se concilier sa bienveillance; si de plus il promet à l'Europe des trésors, des richesses inconnues, s'il fait entrevoir au commerce de nouveaux horizons, ce voyageur peut être assuré de trouver partout les plus vives sympathies.

L'énergique et hardi voyageur Stanley est la preuve la plus saillante de ce que nous venons de dire. De retour de son voyage en Afrique, où il avait pénétré jusqu'au cœur de la région fertile des lacs et parcouru ensuite les mystérieuses contrées qu'arrose le Congo, Stanley promit monts et merveilles à qui l'aiderait à s'assurer la conquête pacifique et civilisatrice du Haut Congo. Beaucoup d'esprits généreux se laissèrent séduire par l'idée grandiose d'ouvrir l'Afrique au commerce européen, d'introduire la civilisation chez les indigènes en leur donnant des exemples de morale chrétienne et en les mettant à même d'apprécier les avantages de la paix et de la justice.

Au nom de ces principes, il s'est établi une Association dont le grand voyageur a pris la haute direction.

Tout porte à croire que les résultats n'ont pas répondu aux intentions de l'Association. Les informations les plus dignes de foi prouvent que c'est par les moyens les plus violents que cette Association a cherché à conquérir ces vastes territoires et qu'elle n'est parvenue à dominer les nègres barbares qu'en leur opposant d'autres nègres, également barbares mais plus aguerris. La civilisation imposée par la guerre, la ruse et la violence, tel est le seul résultat moral de l'action persistante de l'Association. M. Stanley a formé, en outre, le projet fantastique de créer au Congo un État reconnu par l'Europe civilisée. Et voici les raisons de cette prétention.

L'Association internationale du Congo représente *un million et de-*

mi de noirs et 155 employés européens. Cette population, qui formait plus de 500 communautés indépendantes, est aujourd'hui réunie en un seul faisceau composant un État, qui peut mettre 15:000 hommes sur pied pour défendre *une cause commune*. C'est là du moins ce que M. Stanley affirme lui-même. L'Association, ou plutôt M. Stanley, ne se contente pas de créer un nouvel État nègre; il se croit encore en droit de disputer au Portugal les droits de souveraineté que ce pays possède sur les contrées du Bas Congo depuis plus de trois siècles.

A force de dissimuler la vérité et de formuler d'injustes accusations, M. Stanley a réussi pendant un moment à dérouter l'opinion dans quelques pays de l'Europe et à la rendre défavorable au Portugal, lequel, sans aucun doute, est le pays qui a contribué le plus à la civilisation de l'Afrique et qui a ouvert ce vaste continent à l'influence et au commerce européens.

Mais les illusions commencent à se dissiper. Ce qu'on attendait de M. Stanley et de l'Association ne s'est pas réalisé. De toutes parts nous recevons sur les agissements abusifs des employés de l'Association des informations, qui sont confirmées par les témoignages des compagnons de M. de Brazza.

Le public français connaît déjà les moyens employés pour mettre obstacle à l'établissement de la domination française dans le Haut Congo, ainsi que les traités obtenus par intimidation ou par séduction exercée sur les sujets du roi Makoko. Dans le Bas Congo, à Boma, des faits analogues se sont produits, grâce à l'emploi des mêmes moyens. On peut apprendre par le *Morning Post* qu'un des agents de l'Association, le lieutenant Siegmund Israël, rend compte d'une expédition qui «s'est frayé un chemin par la force en s'emparant des villages et en répandant la terreur parmi les populations».

Au milieu des perplexités de l'opinion publique, rien n'est plus étrange que ce qui se passe en Angleterre, où, d'après ce qu'affirme M. Stanley, l'opinion des grands industriels est une des espérances de l'Association pour son avenir.

Les anciens rapports de protectorat du Portugal sur le royaume du Congo, les nombreux actes de propagande religieuse et les expéditions guerrières qui confirment toutes la suzeraineté du Portugal sur cette contrée sont généralement connus de quiconque a étudié l'histoire des conquêtes de l'Europe en Afrique. On peut dire que parmi les faits bien connus de l'histoire de ce pays, un des plus incontestables est celui qui ressort des droits de souveraineté du Portugal sur les régions du Bas Congo. Cependant l'Angleterre seule s'est arrogé le droit non de mettre en doute les droits du Portugal, mais de s'opposer à l'occupation de ce territoire par les Portugais. Cette opposition a duré pendant de longues années, jusqu'à ce que finalement le gouvernement anglais a reconnu que sa résistance était injuste et inexplicable. L'esprit libéral l'a emporté sur la morgue britannique, et de là est résulté le traité contre lequel s'est soulevée l'opinion de l'Europe; le Portugal, parfaitement innocent en tout ceci, en a pourtant subi les conséquences.

Et aujourd'hui l'Angleterre, après avoir signé un traité, qui est la conséquence de la politique arbitraire à laquelle elle avait obéi pendant un demi-siècle, abandonne le Portugal, renie son œuvre et devient en outre une *des espérances de l'avenir de l'Association internationale du Congo*. Celle-ci se déclare, on ne sait pourquoi, ennemie du Portugal, comme elle l'est aussi de la France sans oser l'avouer ouvertement.

Il est à souhaiter que l'Europe ne tarde pas à intervenir directement dans cette question du Congo, qui trouble les rapports entre des nations amies et jette le désarroi dans le commerce en Afrique. Il faut encore qu'elle y mette bon ordre, en affirmant une fois de plus son respect pour les droits des peuples, surtout quand ces droits s'harmonisent avec les intérêts de la civilisation. Espérons, en attendant, que la France et le Portugal, qui ont des intérêts analogues dans ces régions africaines, seront bientôt d'accord sur cette question.

Dans le Bas Congo, le Portugal doit admettre les plus grandes facilités commerciales, comme il les a admises à Ambriz, lorsqu'il a pris possession de cete colonie, malgré l'opposition ouverte des Anglais.

Pour faciliter la navigation, il faut organiser une commission internationale, qui se chargera d'établir des règlements, de faire construire des phares, etc.

C'est d'accord avec la commission qu'il faut fixer les mesures strictement nécessaires au régime et à la police du fleuve.

Le Portugal doit avoir de petites stations fortifiées pour faire la police chez les peuplades riveraines, qui commettent souvent des actes de piraterie.

L'Association peut agir au nord du Haut Congo, partout où elle ne contrariera pas les conquêtes pacifiques de la France et les droits acquis et toujours reconnus du Portugal.

De cette manière le commerce ne sera plus sujet à des entraves, la concurrence des nations deviendra complètement libre, la justice et le droit de touit le monde seront respectés.

DÉBATS PARLEMENTAIRES

(SÉNAT)

Année 1882. — 29 Novembre. — Paris

Rapport sur le projet de loi relatif au traité et acte passés avec le roi Makoko

. . . .

Il en devait être ainsi, surtout à l'égard de l'association internationale africaine, laquelle, au surplus, *est établie sur la rive opposée du Congo.* Quel dissentiment sérieux pourrait s'élever entre nous et cette grande société, conçue, organisée et subventionnée généreusement par le chef d'une nation amie, société dont la mission tout scientifique et humanitaire ne saurait trouver chez les Français que le plus sympathique concours?

Dans cette partie de l'Afrique, *nos plus proches voisins seront les Portugais.* Mais, la création de nos établissements sur les bords du Congo ne peut porter ombrage au Portugal. Ils ne gènent aucunement les stations que les Portugais possèdent sur la côte de l'Atlantique, et ne contredisent même en rien les prétentions historiques qui s'étendent plus loin que les territores placés sous la domination effective du Portugal. Le gouvernement portugais, d'ailleurs, n'a jamais élevé de réclamations sur les territoires situés au nord du 5° 12′ de latitude méridionale, et Brazzaville est situé en deçà du cinquième parallèle. *Notre établissement dans le voisinage de la colonie portugaise ne peut que resserrer les liens d'amitié qui nous unissent à la nation portugaise et auxquels la France attache le plus haut prix.*

. . . .

DOCUMENTS

Publiés par la Société de géographie de Lisbonne, par quelques journaux étrangers et les trois premiers dans le « Livre blanc » présenté aux chambres portugaises par le ministre des affaires etrangères

A

Copie du contrat entre l'expédition belge et Lutete, chef de N'Gambi

L'an 1882, le 20 du mois d'octobre, entre : le lieutenant Valcke, agent du Comité d'études du Haut Congo, assisté de : lieutenant Vangele, agent du Comité précité : le sous-lieutenant Orban, même qualité, M. Charles Calewaert, même qualité, et Lutete, chef du district et village de Kindokki, et leurs sous-chefs soussignés, a été convenu :

1º Les chefs cédent en toute propriété au Comité d'études du Haut Congo : le terrain s'étendant entre les rivières Nsoundou et Ntombe, jusqu'à leur confluent, et le chemin conduisant du village de Laufountelion de Lutete à celui de Kimbanda. Ils autorisent les agents de ce Comité à y construire des habitations, magasins, etc., et à faire des cultures. Ils s'engagent à n'autoriser, dans toute l'étendue de leur territoire, l'établissement d'aucune entreprise sans avoir obtenu au préalable l'autorisation du Comité susdit.

2º Ils autorisent les agents de ce Comité à tracer des routes à travers leur territoire à l'exclusion de toute autre entreprise et cèdent ces routes en toute propriété à ce Comité.

3º Le Comité s'engage à faire le commerce dans son établissement, si des produits sont présentés en vente à des pris rémunérateurs. Ces transactions commenceront, au plus tard, au jour où les constructions de la station seront terminées.

4º Nul autre que les agents du Comité précité n'est autorisé à venir faire le commerce dans les limites du territoire des chefs susdits.

5º Les chefs s'engagent à assurer la sécurité des caravanes du Comité du Haut Congo, et à n'exiger aucune redevance pour le passage sur leur territoire, quelle que soit la nature des produits transportés.

6º Le Comité susdit s'engage à fournir aide et protection aux chefs désignés ci-dessus. Indépendamment du prix débattu et payé en ce jour, il paiera mensuellement à Lutete deux pièces d'étoffes, et à Maquito deux pièces d'étoffes, ou à leurs successeurs.

7º Les chefs s'engagent, en retour, à entretenir la route établie, à fournir à la station des travailleurs moyennant une redevance à débattre entre les chefs et l'agent commandant de la station, à fréquenter leurs marchés et y acheter, en se soumettant aux usages du pays.

Traduction du présent contrat ayant été faite aux chefs susdits, ils déclarent en accepter les différentes clauses. En signe du quoi, ayant déclaré de ne pas savoir signer, ils ont apposé leur croix ci-dessus. Ainsi faite en double expédition, aujourd'hui le 20 du mois d'octobre de l'année susdite. — (Signé:) — Vangele — L. Walcke — F. Orban — Ch. Calewaert — Lutete + (sa croix) — Maquito + (sa croix).

B

Copie du contrat de l'expédition d'études du Haut Congo avec Jouzo, chef de Selo, auprès de la rivière Nsadi Zikissi

L'an 1882, le 29 du mois d'octobre, entre : le lieutenant Louis Valcke, agent du Comité du Haut Congo, agissant au nom du Comité précité, assisté de : 1° le lieutenant Coquillart, agent du Comité précité; 2° le sous-lieutenant Orban, même qualité; 3° M. Calewaert (Charles), même qualité.

Et les chefs : 1° Jouzo, chef des villages et du district du Selo; 2° Tchalla, chef du village de Selo, feudataire du précédent, a été convenu :

1° Les chefs susnommés reconnaissent la souveraineté dudit Comité.

2° Ils autorisent les agents du dit Comité à construire sur leur territoire des routes, maisons, magasins, etc., à faire des cultures, et cela à l'exclusion de toute personne n'appartenant pas au dit Comité.

3° Du jour où le dit Comité commencera à faire le commerce dans son établissement de Lutete, les dits chefs s'engagent à défendre à toute personne étrangère au dit Comité de faire le commerce dans toute l'étendue de leur territoire.

4° Ils s'engagent à faire passer la rivière Zikissi à toutes les caravanes du Comité d'études du Haut Congo, moyennant une rétribution de deux pièces d'étoffes *(white* ou *striped domestic)* par caravane.

5° Ils n'exigeront jamais de droit de passage d'aucune nature des dites caravanes, quels que soient les produits transportés.

6° Ils autorisent éventuellement le Comité d'études du Haut Congo à établir sur la rivière Zikissi une embarcation pour faire le transport des caravanes, dans ce cas, à établir un poste de Zanzibaristes sur leur territoire.

7° Du jour où cette embarcation fonctionnera, le Comité prénommé payera au chef Tchalla une pièce mensuellement. Ces deux chefs ne réclameront plus de ce jour aucune rétribution.

8° Indépendamment des rémunerations susdites, les chefs prénommés ont reçu en ce jour le prix de cession de leurs territoires, débattu entre les deux parties contractantes.

9° Le Comité du Haut Congo promet aux chefs susnommés aide et protection.

Traduction du présent acte ayant été faite aux chefs Jouzo et Tchalla, ils déclarent en accepter toutes les clauses. En signe du quoi, déclarant ne pas savoir signer, ils ont apposé leurs croix ci-dessus. Ainsi faite à Selo, en double expédition, an et date ci-dessus. — Signé:) — F. Orban — L. Walcke — Ch. Calewaert — Coquillart — Le chef Jouzo + (sa croix) — Le chef Tchalla + (sa croix).

C

Copie du contrat entre l'expédition belge et Canga Pakka (Ngulinkamma Noso), de Palla Balla

Traité

M. le lieutenant Van de Velde, commandant la ligne Vivi-Issangila, de l'expédition internationale du Haut Congo, agissant au nom et pour le compte du Comité d'études du Haut Congo, et: Ngulinkamma Noso, principe; Kacongo de Noso, principe; le roi de Palla Balla, Ngulinkamma Kiangalla; Cangaari Kutebi Kisiresi, Gatuka Mfumu; Tellenté, Kacongo de Tellenté; Ngulinkamma Nelombi, Kunpangalla Kenelombi, chefs indépendants du district de Palla Balla, se sont réunis, le 7 janvier 1883, en conférence à l'embouchure de la Mpozo, Nuam Mpozo, à l'effet de discuter et d'arrêter diverses mesures d'intérêt commun. Après mûr examen, ils ont arrêté les dispositions et pris les engagements qui font l'objet du présent traité, à savoir:

Article 1er Ngulinkamma Noso, Ngulinkamma Kiangalla, Ngulinkamma Tellenté, Ngulinkammá Nefantilla et Ngulinkamma Nelombi, reconnaissent qu'il est hautement désirable que l'expédition internationale du Haut Congo crée et développe dans leurs États des établissements propres à favoriser le commerce d'échange, et à assurer au pays et à ses habitants les avantages qui en sont la conséquence. Dans ce but ils cèdent et abandonnent en toute propriété au Comité d'études du Haut Congo les territoires compris dans leur apanage.

Art. 2. Ngulinkamma Noso, Ngulinkamma Kiangalla, Ngulinkamma Tellenté, Ngulinkamma Nefantilla et Ngulinkamma Nelombi, affirment solennellement que ces territoires font partie intégrante de leurs États, et qu'ils peuvent librement en disposer.

Art. 3. La cession des territoires spécifiés au dernier paragraphe de l'article 1er est consentie moyennant un présent, une fois donné, de: *un habit de drap rouge à passementeries dorées, un bonnet rouge, une camisole blanche, une pièce de* white baft, *une pièce de* red points, UNE CAISSE DE DOUZE BOUTEILLES DE LIQUEURS, QUATRE DAME-JEANNES DE RHUM, DEUX CAISSES DE *gin,* CENT VINGT-HUIT BOUTEILLES DE GENIÉVRE, *vingt pièces de mouchoirs rouges, quarante sanglets et quarante bonnets de coton rouge,* que les chefs prénommés déclarent avoir reçu.

Art. 4. La cession du territoire entraîne l'abandon par Ngulinkamma Noso, Ngulinkamma Kiangalla, Ngulinkamma Tellenté, Ngulinkamma Nefantilla et Ngulinkamma Nelombi, et le transfert au Comité d'études, DE TOUS LES DROITS SOUVERAINS!!

Art. 5. Le Comité d'études s'engage à laisser aux indigènes établis sur les territoires cédés la propriété et la libre jouissance des terres qu'ils occupent actuellement, pour leurs besoins. Il promet, en outre, *de les protéger, de défendre leurs personnes et leurs biens* contre les agressions ou les empiètements de quiconque porterait atteinte à leur liberté individuelle ou *chercherait à leur enlever le fruit de leurs travaux.*

Art. 6. Ngulinkamma Noso, Ngulinkamma Kiangalla, Ngulinkamma Nelombi accordent, en outre au Comité d'études :

1º La concession de toutes les voies de communication à ouvrir actuellement, ou à l'avenir, dans toute l'étendue de leurs États. Si le Comité le juge à propos, il aura le droit d'établir et de percevoir à son profit des péages sur ces voies, pour l'indemniser des dépenses auxquelles leur construction aura donné lieu. Les voies ainsi ouvertes comprendront, outre la route proprement dite, une zone de 20 mètres à droite et à gauche de celle-ci. Cette zone fait partie de la concession, comme la route elle-même, et deviendra comme elle la propriété du Comité d'études.

2º Les chefs prénommés s'engagent, en outre, à fournir à chaque station ou factorerie chacun six travailleurs pour le service des caravanes vers l'intérieur, un *minimum* de six porteurs, ainsi que les travailleurs nécessaires pour la construction des routes et établissements du Comité d'études. Les hommes fournis par les chefs seront payés suivant un contrat fait de commun accord pour les salaires.

3º Le droit de trafiquer librement avec les indigènes faisant partie de leurs États.

4º *Le droit de cultiver les terres, non occupées, d'exploiter les forêts, d'y faire des coupes d'arbres, d'y récolter le caoutchouc, le copal, la cire, le miel et généralement tous les produits naturels qu'on y rencontre, de pêcher dans les fleuves, rivières et cours d'eau,* D'EXPLOITER TOUTES LES MINES. Il est entendu que le Comité peut exercer les divers droits mentionnés à ce paragraphe 3ᵉ *dans toute l'étendue des États* de Ngulinkamma Noso, Ngulinkamma Kiangalla, Ngulinkamma Tellenté, Ngulinkamma Nefantilla et Ngulinkamma Nelombi.

Art. 7. *Les chefs sus-mentionnés prennent l'engagement de joindre leurs forces à celles du Comité pour repousser les attaques dont il pourrait être l'objet de la part d'intrus* DE N'IMPORTE QUELLE COULEUR.

En foi de quoi le présent traité a été conclu, et, ne sachant pas écrire, ont mis leurs marques.—*(Suivent les croix des princes, en présence des témoins ci-après, qui sont signés:)*—A. Fontaine—A. M. Rodrigues—L. Van de Velde—Mavombe—M. Kong.

D

Note de M. A. Greshoff, agent à Boma de la Compagnie hollandaise N. A. H. V.

Monsieur.

Pas besoin de vous dire que les noirs n'ont pas la moindre idée de ce que ces contrats disent. Du reste, au lieu d'ouvrir l'Afrique c'est la fermer, je pense: KEEP IT DARK CONTINENT. — A. Greshoff.

E

Copie du contrat intervenu entre un agent de l'Association et un regulo de Boma

Ne possédant pas les originaux en français, nous en produisons la version dans cette langue, d'après la traduction publiée dans les journaux portugais.

Entre Alexandre Delcommune, agissant au nom et pour compte de l'Association internationale du Congo — *d'une part* et le roi Nepoderira, chef indépendant de M. Boma, pour lui ses descendants et successeurs — *d'autre part.*

Il a été convenu ce qui suit:

Article 1er Le roi Nepoderira cède à l'Association internationale du Congo, SES DROITS A LA SOUVERAINETÉ SUR TOUS LES TERRITOIRES SOUMIS A SON AUTORITÉ, compris dans les villages ci-après indiqués et leurs dépendances: N. Canga; Nijuge-Sengue (Manilombi); Sara Ora (capitos); Chinquella Goma (capitos); Luçala Embock (Manilombi) N'Boch.

Art. 2. Cette cession aura lieu moyennant le paiement *de vingt pièces d'étoffes, deux fusils,* etc., et le cadeau que Nepodeira reconnait avoir reçu. — Interprètes : — Prince Jauca Conta $+$ Prince Lutete N'Limba $+$ Sous-signé : — Roi Nepodeira. $+$

Fait au village de Neconko le 19 avril 1884. — (Signé) A. Delcommune.

--- --- --

Expédition internationale du Haut-Congo

Palabala le 19 avril 1884

Traité supplémentaire intervenu entre Henry M. Stanley, agent chef de l'Association internationale africaine, et les chefs soussignés du district de Palabala, dans le but d'expliquer le sens et l'esprit des termes *«cession de territoire»*, que figurent au traité passé le 6 janvier 1883 entre H. Van de Velde et les susdits chefs de Palabala.

1er Il est convenu et arrêté entre les parties précitées que les termes *«cession de territoire»*, ne signifient point l'acquisition du sol par l'Association, MAIS BIEN L'ACQUISITION DE LA SOUVERAINETÉ PAR L'ASSOCIATION ET SA STRICTE RECONNAISSANCE PAR LES CHEFS SOUSSIGNÉS.

2. Il reste bien entendu par les chefs soussignés qu'il est accordé à l'Association internationale africaine *le droit d'arbitrage entre les chefs et les indigènes de Palabala et tous les étrangers de n'importe quelle couleur, ou nationalité,* et que l'Association internationale africaine aura aussi intérimairement le droit *de diriger et de résoudre toutes questions concernant les étrangers de toute autre nationalité* et les indigènes de Palabala ; — de statuer sur toutes les affaires quand elle sera invitée à

le faire par les chefs soussignés ; — de décider ce que les Européens doivent établir en n'importe quelle partie du district de Palabala.

Les chefs soussignés déclarent également accepter le drapeau de l'Association internationale africaine, comme signe pour tous, DE CE QUE L'ASSOCIATION EST LEUR SUSERAINE RECONNUE ET ACCEPTÉE, ET QU'AUCUN AUTRE PAVILLON NE POURRA ETRE ARBORÉ EN DEDANS DES LIMITES DU DISTRICT DE PALABALA.

En foi de quoi, les chefs soussignés ont le droit de percevoir le payement de la somme mensuelle qui leur a été promise dans le premier traité passé avec M. Van de Velde.

. . . .

Correspondance du Zaïre pour le «Commercio do Porto»

... M. Delcommune se rendit au village du roi, et, afin d'obtenir sa signature, il promit de lui livrer les marchandises dont il est fait mention sur le document, lui faisant croire qu'il s'agissait d'une simple *mocáca* [1].

Malgré cela, le roi refusa de signer, sous pretexte qu'il lui faudrait d'abord consulter les autres blancs de Boma. La *mocáca* qui était en vigueur ayant été faite d'accord avec eux, il ne pouvait pas l'altérer sans leur assentiment.

En vue de ce refus M. Delcommune menaça le roi de faire brûler ses villages par des Zanzibaristes, s'il n'acceptait pas immédiatement les marchandises qu'il lui avait offertes, et s'il n'apposait pas sa signature sur le papier qu'il lui présentait. Effrayé par les forces imposantes dont dispose l'Association, le roi finit par signer, mais croyant toujours qu'il s'agissait de la *mocáca*.

Figurez-vous sa surprise quand il vient à Boma quelques jours après et que, s'étant fait lire le papier qu'on l'avait obligé de signer, il à su qu'il avait cédé ses droits souverains en faveur de l'Association internationale! Et cela au prix ridicule de 20 pièces d'étoffes et de deux fusils, valant tout au plus 50 ou 60 francs!

Le roi jetta les hauts cris; il raconta tout ce qui s'était passé en disant que les belges l'avaient trompé et il protesta que jamais de la vie il ne consentirait à leur donner ses terres.

Il ajouta qu'il était prêt à faire ces déclarations en présence du commandant du premier navire de guerre portugais qui viendra ici. En attendant, il va tout de suite protester contre la violence pratiquée par M. Delcommune, dans une grande réunion de tous les européens de Boma qui doit avoir lieu prochainement. Les négociants protestent aussi parce que Boma et les territoires environnants tombant par ce traité au pouvoir de l'Association, il est clair que les mai-

---

[1] *Mocáca* signifie, dans la langue du pays, une modification à certaines conditions stipulées d'avance.

sons commerciales qui y sont établies resteraient de ce fait sous sa dépendance.

Tout ceci est tellement extraordinaire qu'on hesite à croire que quelqu'un fût capable de tant d'audace. Quoique M. Stanley ne figure pas sur le traité on ne saurait douter qu'il n'ait été l'auteur du projet. En effet, étant arrivé depuis peu de jours de l'intérieur, il a dû y prendre une part directe.

Quand même le Portugal ne dût pas occuper prochainement le Zaïre nous ne devrions pas consentir qu'on nous enleve ce qui nous appartient. Si cela n'est pas à nous, cela ne doit être à personne, quels que puissent être d'ailleurs les subterfuges employés pour arracher aux indigènes des concessions qu'ils ne feront jamais que de force.

Ceci est très-grave et on espère que le gouverneur, à qui on a donné connaissance de ce qui se passe, n'attendra pas des ordres du gouvernement de la métropole pour prendre les mesures qui sont d'urgence. Il ne faut pas que nous laissions usurper nos droits.

Il est évident que l'Association cherche à annuler le commerce du littoral; elle prétend le concentrer à l'intérieur, où les agents pourront échanger les denrées coloniales contre des marchandises qui remonteront le fleuve sans payer de droits.

. . . .

Ici on dit que l'Angleterre finira par faire l'acquisition des stations qui appartiennent à l'Association. Ce qui me porte à croire que cette croyance peut avoir quelque fondement c'est que les employés belges de l'expédition sont successivement remplacés par les anglais.

On expliquerait de cette façon que l'Angleterre ait exigé que les territoires où ces stations sont établies restassent hors de notre juris·diction.

Je sais que le gouverneur général a accordé un passage sur le transport «India» à un certain M. Brunfaut, qui avait été indignement expulsé par M. Stanley. De sorte qu'il faut encore que le gouvernement portugais accueille par humanité les individus que M. Stanley, avec une cruauté inouïe, expose à mourir de faim. C'est le juste châtiment des calomnies qu'il ne s'est pas fait faute de répandre contre nous.

Suivent les documents.

Boma le 14 mai 1884.

A M. Henry M. Stanley. —Vivi.

Messieurs. — J'ai reçu la copie du traité supplémentaire que vous venez de faire avec les princes de Pala-Bala et je prends la liberté d'appeler votre attention sur ce fait: que les noirs déclarent ne pas comprendre un seul article du traité fait par M. Van de Velde et qu'ils ne pourraient jamais reconnaitre la souveraineté de l'expédition ou de l'Association internationale du Congo. Ils m'on fait cette déclaration en présence de M. et Mad. Craven et de M. Clark de la mission Levingstone Inland. Plus tard ils m'ont confirmé cette assertion par devant M. Carlos Magalhães, commandant de la canonnière portugaise *Bengo* et des officiers de ce navire. Le Canga Pacco ou

Nosso a même reçu, sur sa demande spéciale, un drapeau portugais que le commandant du *Bengo* lui a donné comme un signe d'amitié. J'appelle aussi votre attention sur ma lettre du 14 juillet 1873.

J'ai l'honneur d'être avec le plus grand respect.—Votre serviteur.

Déclarations et protestation des «regulos» de Boma et des négociants européens, au sujet des pseudo-contrats de l'Association internationale

Le 16 mai 1884, se trouvant réunis dans la *Banza* du roi Necuco, presque toute la colonie européenne résidant à Boma (des propriétaires et des représentants des maisons de commerce et le supérieur de la mission catholique de la Congrégation du Saint-Esprit) et tous les rois de Boma, il fut pris véritablement connaissance des traités passés par l'Association internationale du Congo, représentée par M. A. Delcommune, traités dont les copies sont jointes à la présente protestation.

Les rois de Boma présentèrent les originaux de ces traités, dont le contenu leur fut traduit *ipsis verbis* et déclarèrent à l'unanimité:

1° *Qu'ils ont été surpris dans leur bonne foi,* ATTENDU QU'ILS N'ONT CÉDÉ AUCUNS DE LEURS DROITS DE SOUVERAINETÉ, puisque pareille cession serait leur ruine complète et détruirait les principales bases de leurs lois, lesquelles ne portant aucune atteinte aux droits d'autrui, doivent être respectées.

2° Qu'effectivement ils ont reçu des étoffes, etc., mais que celles-ci leur ont été données à titre de gratification, pour qu'ils établissent de de nouvelles lois dispensant l'acquiescement de tous les autres blancs de la Pointe, et qu'ils ont du accepter ces étoffes, etc., EN PRÉSENCE DES MENACES QUI LEUR ÉTAIENT FAITES DE DÉTRUIRE LEURS VILLAGES PAR LA FORCE ARMÉE, s'ils ne promulgaient pas ces lois, non-obstant, celles-ci ne furent pas établies.

3° Qu'ils protestent solennellement contre la teneur des *mocandas* au moyen desquelles ou les a abusés, déclarant en outre qu'ils se sont unis dans la ferme propos de restituer les étoffes, etc., reçues, si l'Association internationale du Congo l'exige, et qu'ils remettent de plein gré les dites «mocandas» aux blancs réunis *en sollicitant leur protection, au cas où l'Association internationale du Congo, voyant ses plans déçus, voudrait exercer sa vengeance.*

Nous, rois de Boma, ne sachant ni lire ni écrire apposons une croix au bas de la présente protestation.

Fait dans la «Banza» de Necuco le 16 mai 1884.

(Signés) Necuco Neuga + Necuco + Ne Corado + Ne-Ducula + Ne-Chaude + Ne-Pura + Ne-Pereira + Ne-Chuva ou Neblo + Ne-Ouro +.

Temoins: (signés) João Antunes d'Azevedo — João Luiz da Rosa — A. Greshoff — A. Blaintt — D. do O. da Silva Junior.—A. Van Eijsden — Manuel Ferreira da Costa — Antonio Ventura da Silva — Luiz

Antonio Branco — David J. de Medina — Antonio L. Monteiro — Antonio José Felgueiras — Antonio Dias.

Le révérend superieur de la mission catholique, n'a pu, pour cause de santé, comparaître à la «Banza» de Necuco.—(Signé) A. Greshoff.

*
* *

, Nous, soussignés, joignons notre protestation énergique à celle des rois de Boma, attendu qu'il n'y a pas de raison justifiée pour que *l'Association internationale du Congo*, EXPLOITANT L'IGNORANCE ABSOLUE DES NÈGRES *et représentant des intérêts commerciaux et privés,* prétende aliéner des droits de souveraineté reconnus et respectés jusqu'à ce jour par les représentants de toutes les nations. — Nous promettons en même temps d'accorder aux rois la protection qu'ils nous demandent.

Boma le 16 mai 1884.—João Antonio d'Azevedo (associé de la maison Valle et Azevedo)—João Luiz da Rosa — A. Greshoff (représentant de N. A. II. V.)—Manuel Ferreira da Costa—Antonio Luiz Monteiro (représentant de H. & C.) — Augusto Sallero—R. da Congo & C.ªl Africa C.º L.—A. Ventura da Silva—Antonio Dias.

LE ZAÏRE ET LES CONTRATS DE L'ASSOCIATION INTERNATIONALE

Conférence faite devant la Société de géographie de Lisbonne, le 21 juin 1884, par C. Magalhães, officier de la marine royale portugaise, commandant de la canonière «Bengo», membre de la Société de géographie de Lisbonne. — Lisbonne. Typ. et lit. de Adolpho Modesto e C.ª 1884.

Afin de faciliter mon exposition je commencerai par tracer un croquis de la côte dont je dois plus spécialement m'occuper.

Sur tout ce territoire depuis Mayumba, ou plutôt depuis Sète-Camas, jusqu'au Zaïre, de nombreuses factoreries portugaises sont établies. En voici à peu près le nombre: une à Sète Camas, une à Mayumba, trois à Loango, quatre ou cinq à Ponta-Negra, où il n'en existe pas d'une autre nationalité, deux ou trois sur la partie de la côte comprise entre Ponta-Negra et Chiloango, deux sur ce dernier point, plusieurs sur les rives du Cacongo, une à Landana, la maison commerciale de MM. Castro & Leitão, la plus importante des factoreries portugaises de la côte africaine, une ou deux à Cabinda, une à Moanda et enfin plus de cinquante sur les rives du Zaïre.

Tant sur ce fleuve que sur les contrées environnantes, sur un large rayon, le portugais, que les indigènes désignent spécialement comme *langue des blancs* est le seul idiome employé dans les rapports commerciaux.

Quant aux autres langues européennes, qu'en général ils ne comprennent pas, ils les appellent du nom de leur pays d'origine — *ingréze, francéze, landaze.* — Les maisons étrangères sont donc forcées, afin de faciliter leurs transactions, d'avoir des agents portugais ou qui connaissent notre idiome. En Hollande il existe même, à ce qu'on m'a dit, une école de portugais pour les individus qui se proposent de devenir des employés de l'importante maison hollandaise N. A. H. V. (Nieuwe Africaansche Handels Vennootschap), dont le gérant actuel, M. Bloeme, parle le portugais avec une correction admirable.

J'ai transporté comme passager du *Bengo,* de Boma à Banana, un missionnaire anglais, M. Crudgington, de la mission d'Ango-Ango. Quand je lui demandai s'il connaissait le portugais il me répondit «qu'il parlait à peine un mauvais portugais appris dans ses rapports avec les indigènes». Toutefois il n'était pas si mauvais qu'il ne lui permit de se faire parfaitement comprendre. Ce même missionnaire venait de faire une excursion à Stanley-pool, où il s'était trouvé avec le célèbre Makoko, peu de temps après la confection du traité de Brazza. Eh! bien, il m'a affirmé que notre langue y était connue et qu'il s'était souvent tiré d'affaire avec le peu qu'il en savait.

L'embouchure du fleuve peut être considérée comme étant limitée par la pointe Banana au nord et par la pointe Padrão au sud. Comme tous les grands cours d'eau, le Zaïre possède son *delta;* mais celui-ci s'est formé en amont de l'embouchure et le fleuve se précipite dans l'Océan par un estuaire unique, d'une largeur de 3 à 4 milles marins. Le volume de ses eaux est énorme et leur coloration, qui est celle du sang étendu, se manifeste jusqu'à une distance de 200 ou 300 milles de la côte. Le flot ne se fait jamais sentir au milieu du fleuve; il existe, mais très faible, du coté du nord, sur le banc de Moanda. Sur le *Quanza* j'ai pu prendre de l'eau douce en dehors de la ligne des pointes.

Sur la petite péninsule de Banana, destinée à disparaître un jour et qui doit son existence à une lutte incessante de l'homme avec le fleuve, sont établis les comptoirs des principales maisons commerciales du Zaïre.

A l'extrémité de la péninsule sont bâtis les vastes magasins et les habitations des employés de la maison hollandaise **N. A. H. V.** La maison française Daumas Béraud vient ensuite. Celle-ci confine avec les terrains de la compagnie anglaise *Congo & Central african,* qui a succédé à l'ancienne maison portugaise Zagury et dont les gérants, MM. Abreu et Carvalho, réprésentent dignement notre pays sur le grand fleuve. Viennent ensuite les terrains de MM. Valle & Azevedo, et celui qui a été acheté par le gouvernement d'Angola pour la délégation de la poste qui y fonctionne, et enfin l'isthme très-étroit qui rattache la péninsule au continent.

La péninsule de Banana est limitée à l'ouest par l'Océan, à l'est par la rivière Banana, un bras du Zaïre qui se ramifie plus haut dans d'innombrables marigots. C'est ici que commence, à vrai dire, le delta du fleuve, sur la rive droite. Sur la rive gauche il existe, près de l'embouchure, une formation analogue: la péninsule Santo Antonio formant la crique de Sonho et vers l'intérieur plusieurs marigots dont la navigation n'est possible, en général, que pour des canots.

Un peu au nord de Banana s'étend la colline de Moanda, qui se prolongeant vers l'est et finissant par se rattacher au terrain plus fortement accidenté de l'intérieur, limite de ce côté le bassin du Zaïre. Au sud la disposition est encore identique; les montagnes qui forment le bassin de ce côté viennent s'éteindre aux Barreiras Vermelhas (falaises rouges) laissant entre elles et la colline de Moanda un intervalle de 12 a 15 milles.

En remontant le cours du fleuve nous voyons qu'il se ramifie extraordinairement jusqu'à Boma. La navigation de cette partie est genée par les bancs variables qu'il forme et qui changent de position à chaque crue. Dans quelques points, comme en aval de Porto da Lenha et au canal de Matcba, on ne trouve pas plus de $5^m,5$ de profondeur, et quelquefois encore moins, ce qui se comprend aisément vu la grande surface occupée par le fleuve, entre des terrains bas et d'alluvion récente.

Les îles disparaissent un peu en amont de Boma. Le fleuve, resserré par des montagnes granitiques et de grès rouge, presque dénuées de végétation, se rétrécit considérablement ; sa profondeur atteint, dit-on, dans quelques endroits 170 mètres, ce qui ne me semble pas d'une vérification facile, à cause de l'impétuosité du courant qui ne permettrait peut-être pas de procéder à des sondages rigoureux.

. . . .

La distance de Vivi à l'embouchure est de près de 200 kilomètres.

La fameuse route de Stanley pool consiste à peine en une bande de terrain de 6 à 8 mètres de large dont on a enlevé les herbes et qu'on a grossièrement nivelée. Inutile de dire qu'elle suit toutes les ondulations du terrain.

A l'époque des pluies elle doit commencer par se raviner profondément d'abord et par se remplir d'herbes ensuite. Tel est l'effet qu'a produit sur moi la partie que j'ai parcourue jusqu'à Vivi, la plus importante des stations établies par M. Stanley et où il existe un personnel assez nombreux pour pouvoir être employé aux réparations nécessaires.

De celle ci à la seconde station, Isanguila, la route se dirige à travers des terrains de plus en plus accidentés, sur une distance de 52 milles. D'Isanguila à Manyanga, 74 milles, on met à profit la navigation fluviale. De là la route continue vers Stanley-pool. Les transports cependant sont tellement chers qu'on dit au Zaïre qu'un sac de riz transporté à Stanley-pool vaut son poids d'argent.

C'est sur toute cette région et sur les innombrables ramifications du fleuve que sont disséminées les diverses factoreries, soit indépendantes — d'une indépendance relative — soit succursales des maisons que j'ai mentionnées tantôt. Après Banana, Boma est le point le plus important pour le commerce du fleuve. Là sont établies trois maisons principales : la maison belge A. Gillis et les maisons portugaises Rosa et Valle et Azevedo. Cette dernière est la seule des factoreries portugaises du Zaïre qui fait des affaires directement avec l'Angleterre ; toutes les autres agissent par l'intermédiaire des établissements étrangers du Zaïre ou de la puissante maison de Cabinda *Hatton & Cookson*.

. . . .

Le manque de tableaux statistiques ne permet pas d'évaluer, même avec peu d'approximation, le chiffre des transactions effectuées, soit au Zaïre, soit sur les autres points de la côte depuis Ambriz jusqu'à Mayumba.

J'ai entendu estimer à 10 ou 11 millions de francs la valeur des exportations par le Zaïre, et à valeur à-peu-près égale celle des établissements de la côte comprise entre ce fleuve et Ambriz.

M. Leitão, de Landana, actuellement vicomte de Cacongo, m'a dit que l'importance commerciale du fleuve, dont le nom lui a été accordé comme titre, ne serait pas, à son avis, de beaucoup inférieure à celle du Zaïre. La partie navigable du fleuve Cacongo — ce qui dans la langue du pays veut dire petit Congo —, ne doit pas être en effet beaucoup moins étendue que celle du Zaïre inférieur ; de là une importance presque égale des deux fleuves comme voies d'échange.

Dans le commerce d'exportation du Zaïre et de la côte au nord jusqu'à Mayumba, le caoutchouc et les denrées oléagineuses, les arachides, l'huile de palme et la noix de palmier *(palmiste* du commerce) sont les produits principaux.

Au sud du Zaïre le produit prédominant est l'ivoire qui descend des régions voisines du cours supérieur du fleuve et de ses grands affluents de la rive gauche, le Coango et le Cassai. A cette partie de la côte vient aussi une certaine quántité de caoutchouc. Comme denrées plus riches, ce sont aussi celles-là qui excitent de préférence la cupidité commerciale. C'est afin d'obtenir le commerce exclusif de ces produits que les nations européennes se disputent ce champ de bataille avec tant d'acharnement.

. . . .

Tandis que notre litige se débattait en Europe, M. Stanley et ses délégués érigeant par avance l'Association internationale en puissance souveraine, s'empressaient d'imposer aux chefs indigènes des traités de cession de leurs térritoires et le transfert à l'Association de leurs droits *souverains*. J'ai ici, sur la table, les copies de trois de ces traités. Elles ont été faites sur les documents originaux par M. Greshoff, gérant à Boma de la maison hollandaise de Banana N. A. H. V. La lecture de ces traités, que je vous demande la permission de faire, offre un certain intérêt d'actualité parce que le correspondant du Zaïre pour le *Commercio do Porto* les citait dernièrement et invoquait directement mon témoignage. La même correspondance contient aussi un protocole fait récemment par M. Stanley à la vue de ces traités et une prostestation d'un négociant du Zaïre contre ces menées. Je lirai aussi une autre protestation, signée par *tous* les négociants de Boma, appuyant une réclamation des chefs indigènes contre M. Delcommune, agent à Boma de l'Association internationale, alléguant qu'on les avait induits en erreur et qu'ils avaient crû signer un simple contrat de cession de terrains. Dès qu'on leur eut appris la teneur des clauses du traité ils protestèrent énergiquement et vinrent demander l'appui des autres négociants qui n'hésitèrent pas à le leur accorder. Ce n'était que très-juste.

Afin de bien faire ressortir les moyens dont se servent les agents de l'Association pour atteindre leur but, je citerai un cas où j'ai dû intervenir personnellement.

Dans le courant de juillet dernier, le *Bengo* reçut l'ordre de se rendre à Noki. Mes instructions me commandaient de m'informer de ce qu'il pouvait y avoir de vrai dans une nouvelle, arrivée récemment à Loanda, et d'après laquelle les chemins du commerce de l'intérieur auraient été fermés. Arrivé à Noki j'appris que le commerce se faisait déjà librement, mais qu'en effet des tentatives avaient été faites par les agents de l'Association internationale (il y a comme cela des noms qui sont une prédestination) pour le détourner au profit de cette dernière. Ces tentatives avaient été hautement dénoncées par M. Greshoff, qui venait de rentrer depuis peu d'une excursion à Stanley-pool qu'il avait entreprise dans le but exprès de sonder de près les manœuvres des agents de l'Association. C'est dans le cours de cette excursion qu'il a pu faire les copies des traités.

Muni de ces documents qui prouvaient à la saciété à quel point les agents de ce qu'on continuait à appeler le Comité d'études du haut

Congo, pensaient peu à poursuivre le programme de philantropie et d'abnégation dont ils s'étaient proclamés les champions en Europe, M. Greshoff les menaça de les démasquer devant les cours européennes et il obtint en effet un résultat immédiat.

M. le lieutenant Van de Velde, chef de la station de Vivi pour le compte de l'Association internationale, venait justement de faire signer aux rois de Pala-Bala le traité dont j'ai fait ici la lecture. Pala-Bala est un village indigène situé en face de Vivi, sur un plateau par où passent les caravanes de commerce qui se dirigent à Ango-Ango, à Noki, à Mossuco, etc. C'est donc à M. Van de Velde que M. Greshoff commença par s'adresser et alors cet officier s'empressa de réclamer du *roi* de Pala-Bala la restitution du traité original. Kanga-M'Pacca, le vieux roi, se trouvait dans l'impossibilité de le lui rendre par l'excellente raison qu'il l'avait confié à M. Greshoff, qui se trouvait alors à Boma. Cependant il déclara à M. Van de Velde qu'il l'avait envoyé à San Salvador, à son suzerain, le roi du Congo, afin d'obtenir son approbation, et en réalité il le fit réclamer à M. Greshoff qui s'empressa de le lui rendre. Mais comme il n'arrivait pas assez vite, au gré de M. Van de Velde, celui-ci se rendit à Pala-Bala, avec des Zanzibarites armés, et il menaca le roi de brûler son village s'il n'opérait pas la restitution immédiate du traité en question.

Sur ces entrefaites le *Bengo* arriva à Noki. Aussitôt que Kanga M'Pacca en fût informé il envoya des ambassadeurs pour demander ma protection, et, s'excusant de ne pas venir lui-même à cause de son grand âge, il me faisait raconter toute l'histoire.

La veille je m'étais rendu à Vivi et sans que j'essayasse d'entraîner la conversation de ce côté, M. Van de Velde attaqua la question. Il me dit que ses rapports avec les indigènes étaient souvent difficiles, qu'ils étaient toujours disposés à croire qu'on voulait porter atteinte à leurs immunités. Ainsi dernièrement il avait prétendu obtenir du roi de Pala-Bala des porteurs et la concession d'un terrain près de la bouche du M'pozo[1] pour l'établissement d'une factorerie.

Eh! bien, Kanga M. Pacca avait cru qu'il voulait lui faire la guerre et il n'y avait pas moyen de l'en dissuader. Du reste je comprenais bien que ses intentions étaient on ne peut plus pacifiques!...

Ces déclarations étaient trop précieuses pour que je n'en fisse pas immédiatement mon profit. Je répondis donc au Kanga M'Pacca qu'il pouvait être tranquille et que je me portais garant qu'il ne lui serait fait aucun mal. En même temps je lui fis remettre un drapeau portugais qu'il m'avait fait demander avec instance et une lettre pour M. Van de Velde. Dans cette lettre je parlais de l'ambassade de Kanga M'Pacca et je disais à M. Van de Velde qu'il m'avait été facile de tranquilliser le vieux roi d'après ses propres déclarations de la veille.

. . . .

Il y a longtemps que les intentions commerciales du Comité d'études de l'Association internationale ne sont plus un secret pour personne

---

[1] Le M'pozo est une rivière qui se jette dans le Zaïre, en face de Vivi, après avoir passé par San Salvador.

au Zaïre. C'est en vain qu'il essayerait d'y faire valoir sa prétendue mission scientifique; personne ne le croirait. D'ailleurs tout le monde sait qu'il possède des esclaves, qu'il fait travailler sur ses stations et qu'il les a acquis par l'emploi d'un des moyens usités au Zaïre à cet effet, l'achat.

Car quoique l'esclavage se soit en général perdu au Zaïre il n'en existe pas moins; seulement on n'exporte plus les esclaves, voilà tout.

La réglementation du travail et la substitution de l'esclavage par des contrats en règle est même une des plus fortes raisons qui conseillent l'occupation immédiate du Zaïre par un état policé. Le comité d'études s'est conformé aux usages établis. C'est très-bien. Seulement qu'on ne veuille pas nous faire croire qu'on est anti-esclavagiste à outrance, et qu'on s'abstienne de faire parade de tant de philanthropie.

Un fait récent et dont on a trop parlé pour que vous n'en ayez pas connaissance montre bien à quoi on doit s'en tenir sur les sentiments d'abnégation du Comité d'études. Je veux parler du cas des onze noirs de notre colonie de Moçambique qui viennent d'être rapatriés par les soins du commandant de la canonnière *Tejo* et de nos autorités. Eh! bien, cinq de ses noirs ont été arrachés par M. le commandant Neves Ferreira des mains des agents du Comité d'études. Non seulement leur engagement n'était pas réglé par un contrat, mais ce qu'il y a de plus curieux, c'est la manière donc on a fait leur acquisition. Rien de plus simple. A Lourenço Marques on les avait engagés pour travailler à bord d'un bateau à vapeur mouillé en rade; pendant qu'ils étaient occupés au fond de la cale, on a dérapé, et le tour était joué. Si incroyable que cela paraisse, c'est la pure vérité; du reste j'en appelle au témoignage de mon excellent ami M. le commandant Neves Ferreira, qui justement fait partie de mon bienveillant auditoire.

C'est par l'intermédiaire de la maison belge A. Gillis que le Comité d'études opérait ses transactions commerciales. Mais son propre gérant, dans une conversation à Noki, me parlait amèrement du désordre qui, disait-il, régnait dans les affaires de l'Association: on avait dépensé des sommes folles d'une manière improductive et cela laissait entrevoir la possibilité d'une désorganisation totale de cet organisme peu homogène quand la tête dirigeante viendrait à lui manquer.

Il y a à peu près un an, un jeune officier belge au service de l'Association, M. Frère Orban, disait à mon intelligent ami M. Eça de Queiroz, secrétaire général du gouvernement d'Angola: «En ce moment nous dépensons tranquillement notre 14ᵉ million». Est-ce qu'on n'aurait pas pu faire mieux avec tout cet argent?

Ce jeune homme était le fils du président du cabinet belge qui vient de donner sa démission. J'avais fait sa connaisance à Vivi et j'en gardais le plus agréable souvenir. Le climat ne l'a pas épargné, et une mort prématurée est venue l'enlever au brillant avenir qui lui promettaient son talent et ses excellentes qualités.

LE PORTUGAL ET LA FRANCE AU CONGO

Par un ancien diplomate.—Paris. E. Dentu, libraire-éditeur. 1884

«En Angleterre, dit le *Temps,* le traité a été violemment attaqué à la dernière séance de la Société des arts, non-seulement au point du vue économique, mais aussi au point de vue humanitaire. Un des orateurs qui ont pris part au débat, M. Capper, qui a vécu longtemps au Congo, certifie qui l'esclavage existe de fait dans les possessions portugaises, bien qu'il ait été aboli par le décret royal de 1878. Il a défini ainsi les trois phases de la colonisation portugaise : dans les territoires qu'il conquiert, le Portugal commence par établir une forteresse, puis un bureau de douane, enfin une église; c'est-à-dire la force armée, le protectionnisme commercial et l'intolérance réligieuse.»

Dans une précédente séance de la même Société des arts, il y a quelques semaines, un autre voyageur anglais très-connu, M. Johnstonn, qui venait de parcourir toutes les possessions portugaises de la côte occidentale de l'Afrique, a déclaré juste le contraire. Il a constaté l'*humanité* dont les portugais font preuve dans leur relations avec les nègres et il n'a pas hésité de dire que, s'il appartenait à la race noire de ces parages, il aurait préféré la domination du Portugal à celle de toute autre nation. Sa manière de voir a été approuvée et vivement applaudie par deux autres voyageurs anglais, membres de la même société. Le *Times* a publié aussi un article de M. Johnstonn sur l'Afrique dans lequel l'auteur expose les mêmes idées.

Donc, les appréciations de M. Capper ne sont pour le moins pas fondées, puisque des personnes ayant également voyagé dans ces pays émettent des opinions diamétralement opposées aux siennes.

Il est possible que, clandestinement, l'esclavage existe encore dans quelques coins éloignés des possessions portugaises en Afrique, malgré le décret royal de 1878, qui l'a complètement aboli. Cela ne nous étonnerait pas. Les habitudes des siècles ne peuvent pas être déracinées par un trait de plume. Il faut du temps, surtout quand on a affaire à des populations sauvages, privées des notions les plus élémentaires de la civilisation. Nous venons d'en avoir la preuve à Kartoum, où le général Gordon, représentant officiel de l'Angleterre, s'est cru obligé de rétablir officiellement l'esclavage, pour donner satisfaction aux réclamations de la population mécontente dans le Soudan.

Dans cette grave question humanitaire il suffit, croyons-nous, de reconnaître les bonnes dispositions du gouvernement portugais et de constater les progrès qu'il a déjà obtenus. En effet, la suppression de l'esclavage et du trafic des esclaves est aujourd'hui un fait, en même temps, qu'un droit, dans toutes les colonies portugaises et même dans les districts de l'embouchure de Congo.

La loi du 5 juillet 1856 et le décret royal de 1878 sont très explicites à cet égard.

Le cabinet de Londres lui même a spécialement déclaré à plusieurs reprises que la nation portugaise, plus qu'aucune autre, a sincèrement et efficacement secondé, dans les limites de son pouvoir, l'infatigable initiative anglaise dans cette entreprise humanitaire.

Tout récemment encore, dans sa note du 15 mars 1883, lord Granville écrivait à M. Miguel Martins d'Antás, représentant du Portugal à Londres :

« La question de campagne commune contre l'esclavage ... est un point au sujet duquel les deux nations sont tellement prémunies des mêmes idées que l'action commune doit être un principe ... »

Enfin, dans le même traité, qui a été si fortement attaqué par M. Capper au point de vue humanitaire, il est dit (article 12) : *« Les hautes parties contractantes s'obligent à employer tous les moyens possibles dans le but d'éteindre entièrement l'esclavage et le trafic des esclaves sur les côtes orientale et occidentale de l'Afrique. »*

On le voit, les affirmations de M. Capper sont singulièrement hasardées.

Mais supposons un instant qu'elles soient fondées ; admettons que ce voyageur humanitaire ait vraiment à cœur l'abolition de l'esclavage. Au lieu de combattre un pareil traité au nom de l'humanité, il devrait bien plutôt l'approuver et l'appuyer de son mieux, puisque l'article 12 constitue une garantie sérieuse et *internationale* contre l'esclavage et la traite des noirs dans l'Afrique occidentale et même dans l'Afrique orientale.

M. Capper définit ainsi, avec une bonne dose de malveillance, les trois phases de la colonisation portugaise : *« Dans les territoires qu'il conquiert, le Portugal commence par établir une forteresse, puis un bureau de douane, enfin une église ; c'est-à-dire la force armée, le protectionnisme commercial et l'intolérance religieuse. »*

Cette manière d'agir n'est pas exclusivement portugaise. Elle a été également appliquée à toutes les conquêtes qui ont été faites depuis les temps les plus reculés jusqu'à nos jours, et nous serions vraiment curieux de voir si M. Capper pouvait nous en indiquer une seule accomplie dans d'autres conditions, surtout sans l'établissement de la force armée dans le pays conquis.

La force armée est la représentation visible de la domination ; elle maintient l'ordre, elle assure la tranquilité, elle inspire respect aux indigènes et confiance aux étrangers. Sans une force armée, jouirait-on, dans ces pays-là, de la sécurité nécessaire et indispensable pour les transactions commerciales, pour les voyageurs, pour les transports, etc., etc. ?

Mais les pays civilisés comme l'Angleterre, la France et les autres ont besoin, pour maintenir l'ordre public, d'une gendarmerie, d'une police, etc., etc. A bien plus forte raison, cet ordre public ne saurait être maintenu dans les colonies lointaines, habitées par des indigènes sauvages, sans l'appui des baïonnettes.

La France n'entretient-elle pas des troupes au Sénégal, au Gabon, en Algérie, en Tunisie et en géneral dans toutes ses possessions d'outre-mer ?

L'Angleterre ne possède-t-elle pas des contingents militaires et des forteresses dans toutes ses colonies et même en Europe, comme le prouve l'occupation de Gibraltar ?

Attribuer exclusivement au Portugal un procédé commun au monde entier, un procédé découlant de la nécessité absolue et servant de base indispensable à toute conquête, en faire un moyen d'accusation, ce n'est ni sérieux, ni équitable.

Cette accusation est d'autant plus injuste qu'en réalité le Portugal n'entretient dans ses colonies africaines qu'une force armée comparativement beaucoup moindre que celle de la France au Sénégal et de l'Angleterre en Egypte.

L'entretien de cette force armée, le maintien d'une administration régulière dans le pays et d'une justice impartiale, etc., etc., tout cela occasionne des frais qui doivent être couverts, autant que possible, par les ressources locales. Surcharger les indigènes, dès les premiers jours de l'occupation, d'impôts fonciers, de taxes diverses et de toutes les inventions fiscales de la civilisation serait impolitique et peu pratique. Impolitique, parce que ces mesures provoqueraient de suite un mécontentement général de la population ; peu pratique, car ces impôts ne seraient pas payés volontairement ni à l'amiable. Il faudrait recourir à la force.

Les droits de douane ont, en pareille occurrence, cet avantage qu'ils s'adressent aux contribuables éclairés, habitués à payer et qui arrivent dans le pays pour vendre ou acheter les marchandises, opérations sur lesquelles ils réalisent des bénéfices importants, certains et prévus d'avance. Ils en sacrifieront donc volontiers une part minime en échange et de la sécurité et de la protection que leur assure un régime européen établi dans la colonie.

Du reste, les bureaux de douane ne se trouvent pas seulement dans les possessions portugaises en Afrique. Nous les voyons également fonctionner au Cap de Bonne-Espérance, dans d'autres colonies anglaises sur la côte occidentale d'Afrique, au Sénégal, etc., etc.

Maintenant, la douane est-elle synonyme de protectionnisme commercial, comme le dit M. Capper ? Nullement. Le protectionnisme consiste dans des taxes très-élevées sur certains produits importés, afin de protéger le développement de l'industrie locale et de la sauvegarder contre la concurrence étrangère, qui pourrait lui être fatale.

Or, ce n'est pas le cas dans les colonies portugaises en Afrique. On y importe des armes, des vins, des spiritueux, des cotonnades et en général des produits que les colonies consomment, mais ne fabriquent pas.

La question du protectionnisme est d'ailleurs fortement discutée par les économistes. Il y en a un bon nombre, et de très-éminents, qui sont portés à reconnaître l'utilité de la protection.

Le dernier chef des accusations de M. Capper contre le Portugal consiste dans l'établissement d'églises aux colonies portugaises, fait qu'il qualifie du nom «d'intolérance religieuse».

L'honorable membre de la société des arts voudrait il que le Portugal, pays catholique, établît dans ses colonies des temples, des synagogues ou des mosquées? Non, certes; cela serait peut être aussi une preuve «d'intolérance religieuse».

M. Capper préférerait sans doute que les employés portugais, les soldats et toute la colonie de cette nation restassent en Afrique privés des secours religieux auxquels ils sont habitués; que les indigènes fussent abandonnés à leur ignorance et à leurs préjugés, et cela au nom de la liberté de conscience !!!

Nous ne voulons pas suivre M. Capper dans cette voie . . .

Pratiquement, dans ces colonisations, l'église amène l'école. La première propage les idées et la morale du christianisme, la seconde la civilisation.

Il se peut que, dans un avenir plus ou moins rapproché, l'extension de ces deux éléments vitaux rende le commerce africain moins lucratif; quelques traitants y perdront peut-être, mais l'humanité y gagnera. Cela vaut bien mieux.

. . . .

Passons maintenant aux appréciations du *Pall Mall Gazette,* reproduites par le *Temps.* Un des rédacteurs du journal anglais rapporte l'opinion *énergique* d'un *vieux* traitant au Congo avec lequel il a longuement causé de la colonisation dans l'ouest africain. «Le Portugais, dit-il, est un poison en quelque endroit qu'on le trouve en dehors du Portugal; poison pour le commerce et surtout pour le commerçant anglais. Les marchands anglais évitent les territoires sur lesquels flotte le pavillon portugais autant que le diable déteste l'eau bénite. Ce n'est pas tant *à cause de leur système d'impôts,* c'est surtout parce que leurs douanes et les délais de toute espèce qu'ils imposent sont des entraves à toutes les transactions. La seule conception gouvernementale des autorités portugaises est d'établir des douanes *même aux plus petits ports* de débarquement, afin d'encaisser quelque argent et aussi pour forcer ces infortunés (?) commerçants à graisser les roues de la routine avec de l'huile de palme.»

Le traitant qui a manifesté des opinions si *énergiques* au rédacteur du *Pall Mall Gazette* doit être en effet *très vieux,* et il a dû puiser ses intéressantes appréciations dans les souvenirs de sa jeunesse, car les données récentes et très-officielles prouvent le contraire de ce qu'il avance.

La statatisque commerciale présentée au parlement en 1883 *(Annual statement of the Trade of the United Kingdom with Foreign Countries and British possessions for the year 1882, compiled in the custom house from documents collected by that department, presented to both Houses of Parliament by command of Her Majesty)* démontre (page 174) que l'importation des produits des colonies portugaises de la côte occidentale de l'Afrique pour l'Angleterre seule était:

Année 1878, 72.544 liv. st.; année 1879, 72.528 liv. st.; année 1880, 185.072 liv. st.; année 1881, 136.257 liv. st., et l'année 1882, 142.442 liv. st.

Tandis que l'exportation de l'Angleterre dans les dites colonies étaient:

Année 1878, 104.665 liv. st.; année 1879, 137.856 liv. st.; année 1880, 194.587 liv. st.; année 1881, 229.177 liv. st., et l'année 1882, 281.048 liv. st.

Ce tableau constate dans les cinq années écoulées un accroissement incroyable du trafic commercial de 177.209 liv. st. en 1878 (mouvement total), à 423.490 liv. st. en 1882, c'est à-dire une augmentation plus que doublée.

Il en résulte que les Portugais, dans leurs colonies, ne doivent pas être un poison si dangereux pour le commerce et les commerçants anglais, et que ces derniers ne doivent pas non plus les éviter trop, puisque le trafic anglais s'y développe avec une rapidité si extraordinaire; cela doit être d'autant plus vrai qu'entre l'importation et l'exportation les Anglais ont réalisé en 1882 une différence nette au profit des produits anglais de 138.606 liv. st.

Nous ne reproduisons ici que trois de ces documents intéressants [1], mais ils suffisent pour comprendre le but que poursuit M. Stanley en Afrique. Sous la forme d'une association privée et d'un caractère en apparence scientifique, il se taille un État, avec des attributions souveraines; il y établit un *monopole* commercial, industriel, minier, routier, etc., etc., absolument exclusif pour le compte de ladite société; il transforme les habitants de ces pays en véritables *esclaves,* ne leur laissant «la livre jouissance des terres qu'ils occupent actuellement que pour leurs besoins», et il leur achète tout cela, leur liberté, leur territoire, leur avenir, toutes les richesses de leurs forêts, de leur sol, de leurs mines, etc., etc., y compris les droits souverains, pour un habit en drap rouge, quelques bonnets de coton et quelques bouteilles de rhum, de gin et de genièvre. Il faut reconnaître que le prix n'est pas élevé et que l'opération est avantageuse pour l'acheteur.

L'explorateur anglais déjà nommé, M. Johnston, envisage ainsi dans le *Pall Mall Budget* l'action de cette société: «L'Association internationale ferme la porte au nez de tous les commerçants sans exception. Elle ferme le Congo à tout commerce, excepté à celui qui est dans ses mains.» Et plus loin: «Le Congo est réellement un fleuve mis sous scellés.» Et cela, bien que le secrétaire général de l'Association internationale, M. Strauch, écrivît dans sa lettre du 25 octobre 1882, adressée à la Société de géographie de Lisbonne: «M. Stanley est au service du Comité international d'études, qui l'a chargé de fonder des *stations hospitalières et scientifiques* au Congo, et de lui fournir les éléments nécessaires à *l'étude* de tout ce qui pourrait être tenté là-bas.»

---

[1] Les traités des agents de l'Association internationale belge avec quelques chefs du Congo.

LA QUESTION DU ZAÏRE

Lettre à M. Behaghel, redacteur du journal international «Le Nord», par M. Luciano Cordeiro, député portugais, membre du Conseil général du commerce, sécrétaire du Comité central de géographie, de la Commission des missions portugaises et de la Société de géographie de Lisbonne, commandeur de la Legion d'Honneur, etc.—Lisbonne. Imprimerie de Christovão Augusto Rodrigues, 1883

. . . .

Il serait imprudent de faire rênaître contre nous la question du trafic des noirs, et quoique M. Stanley, oubliant ses aveux sincères et véritables de 1878, semble avoir récemment commis cette imprudence, il n'est pas besoin que nous nous empressions de la corriger, convaincus que, du moins sur ce point-là, l'erreur insidieuse ne saurait prévaloir que sur des esprits par trop simples et ingénus.

Nous avons initié *avant tout autre peuple,* et sans les accommodements et les hésitations de plusieurs d'entre eux, la guerre contre le trafic des nègres.

C'est là une question incontestable et corroborée par des documents á l'appui.

L'esclavage et la traite sont abolis depuis longtemps dans nos colonies, non point sous le masque à l'abri duquel ils continuent à exister dans les autres, mais bien, d'une manière franche, sans réserves ni compensations.

Voulez-vous savoir où la traite existe et où elle se fait?

C'est là justement où, pour mieux lui permettre de se faire, on ne veut pas voir s'établir d'une façon permanente, nos lois, notre droit et notre autorité.

Eh! quoi! nous abolissons la traite *sans même reconnaître* généralement *á la propriété illégitime le droit d'indemnité,* de même qu'ont agi d'autres réformateurs philantropiques; — nous ne consentons point que le trafic des nègres se fasse; — nous considérons nos colonies d'après notre loi constitutionelle, comme partie intégrante de la nation, en leur accordant les mêmes libertés et les mêmes droits, qu'à la métropole ; — nous ne permettons pas que le blanc dispose arbitrairement du travail et de la vie du nègre, qu'il le tyrannise et le dépouille, — nous suivons partout cette règle de conduite, comme le savent et le reconnaissent tous ceux qui nous ont visités — le Stanley de 1878, en primière ligne, — et l'on veut que nous n'établissions point ce régime au Zaïre, — et l'on préférera que dans ces régions il n'y ait d'autre loi que le libre arbitre de l'aventurier ou du sauvage, — d'autre autorité que celle de la force ou de l'extorsion, — d'autre régime que celui de l'oppression du commerce licite ou de l'indigène ignorant ! ?

Et l'on préconisera la civilisation à coups de feu ou par les fers ;
la justice qui fusille et assomme les indigènes, qui les roule dans de
vieux tonneaux, et les plonge par dizaines dans le grand fleuve, les
pieds attachés à d'énormes pierres?

Veut on par hasard la justice qui excite le sauvage à incendier et
à voler les factoreries, à assassiner traitreusement les blancs?

Eh! quoi! on veut que la traite soit proscripte dans le Zaïre, et
l'on en chasse justement ceux qui ne consentent pas que la traite se
fasse?

On désire que le trafic du nègre ne renaisse point, et l'on ne permet pas que ceux qui ont l'obligation, la force et le droit de l'empêcher et de le poursuivre, comme ils l'ont fait dans le reste de leurs
colonies, occupent avec leurs lois et leurs autorité, la région où ce trafic
se produit sans empêchement ni entraves, *faute de cette occupation
légitime et souveraine?*

Comment veut-on garantir la liberté du commerce légal dans le
Zaïre si on conteste exactement l'occupation du territoire nonseulement au seul État qui a le droit de l'exercer, mais encore a la seule
nation qui a tout intérêt et toute nécessité de maintenir et de garantir,
comme elle a maintenu et défendu, cette liberté?

. . . .

Si au lieu de la présente lettre, dont la longueur m'oblige déjà à
solliciter toute votre bienveillance, je m'étais proposé de vous faire
le récit intéréssant de la campagne depuis longtemps entreprise contre
la situation exceptionelle que nous avons conquise dans la géographie
moderne — conquête toute entière au profit de la civilisation européenne
— je vous raconterais alors beaucoup d'épisodes réellement curieux

Hæc decies repetita placebit.

Il n'y a pas bien longtemps encore que mon docte collègue M.
Wauters, de Bruxelles, croyait sincèrement (j'en suis persuadé) invalider la doctrine portugaise du xvie siècle, touchant l'hydrographie
centrale africaine, et annuller l'importance des renseignements légués
par nos ancêtres sur l'intérieur du grand continent.

Il produisait à cet effet une carte de l'édition de Ptolémée, de 1522
qu'il attribuait à Martin Waltzmuller (*Hylacomilus*).

C'était une petite carte d'Afrique où il se figurait voir la doctrine
portugaise du xvie siècle, esquissée et inventée par le pauvre libraire
des Vosges qui a *inventé* aussi la découverte de l'Amérique par Vespuce.

M. Wauters fait remarquer triomphalement qu'on y retrouve bien
les trois grands fleuves et le grand lac central qu'il s'imaginait être
tout simplement la théorie portugaise, et il disait alors qu'au fond il
n'y avait qu'une fiction romanesque «qui doit être enlevée au Portugais
Jean de Barros pour être restituée à l'Allemand (*sic*) Martin Hylacomilus.

En même temps que nous explorions l'Afrique, nous aurions demandé au savant des Vosges le secret du grand continent!

C'est bien probable, n'est-ce pas?

Il n'y avait qu'une différence à peine: — c'est que Hylacomilus *inventait,* dans ses fictions, exactement le contraire de ce que disaient les Portugais, de ce qu'exposait Barros.

A la rigueur il n'inventait même pas : il est plus juste de dire qu'il n'avait pas compris.

Les trois grands fleuves, au lieu de prendre leur source dans une autre région lacustre centrale, comme le croyaient nos ancêtres, faisaient précisément le contraire dans la fiction de Hylacomilus: c'étaient ... trois rivières que se jetaient dans ce lac.

D'ailleurs mon illustre collègue n'est pas aperçu d'autres circonstances passablement importantes.

Il n'a pas remarqué que les désignations inscriptes, le long des côtes africaines *étaient portugaises*;—que le *pavillon portugais* flottait *isolément* sur ces mers, comme pour indiquer du moins à tous, la provenance initiale de la carte, — enfin que celle-ci appartenait à une édition de Ptolémée, de 1513, dont elle était une simples reduction et qu'il était indiqué d'où provenaient les cartes africaines par cette désignation sincère et loyale : — PARTICULARES TABULAE EX CHARTIS POR-TUGALENSUM SUMPTAE.

Traduction de M. Wanters, lui-même — «CARTES PARTICULIÈRES DRESSÉES D'APRÈS LES DOCUMENTS PORTUGAIS.

Ce bon Hylacomilus!

Il n'a fait que reproduire, en dénaturant un peu, l'original envoyé de Lisbonne au duc de Lorraine, attendu qu'il ne connaissait pas la langue portugaise et il est même permis de douter qu'il sût beaucoup de la géographie africaine.

Mon illustre collègue n'a-til pas dépeint aussi *Balthasar Rebello d'Aragão* comme un Aragonais, uniquement dans le but, de nous disputer le modeste renom du vieux capitaine de Muxima?

Que tous les patriotiques *Aragões* de mon pays lui pardonnent!

N'établit-il pas positivement que nous n'avons point pénétré dans l'intérieur de l'Afrique au XVIe siècle!...

Point n'est besoin, pour le prouver de recourir à nos archives, qui au fur et à mesure de leur publication, détruiront d'une manière irréfutable ces assertions; il suffit d'invoquer des ouvrages portugais et étrangers que tout le monde peut facilement consulter.

PORTUGAL AND THE CONGO

The Times, Monday, November 5, 1883

Despatch addreesed by the Portuguese government to its representatives abroad

The charges brought against Portugal with a view to show that the occupation of the territories at the mouth of the Congo would be undesirable for African civilization and for the commercial development of those territories are as follow:

That Portugal is not a colonizing people, and that being a nation of limited resources, the territories of the Congo would in her hands remain for centuries unproductive or in a backward state of civilization like her other African colonies; that Portugal protects slavery, and that to hand the natives over to Portuguese rule would be to deliver them to slavery; that Portugal has possessed the Congo for four centuries and has never made any use of it.

The first charge is so absurd that the slightest knowledge of history would refute it. A small nation like Portugal, which colonized Brazil, now one of the largest states in the world, and which had already peopled and colonized all the archipelago of the Azores, the islands of Madeira and Porto Santo, which colonized the archipelago of Cape Verd, and who, in her colonies in Africa, Asia, and Oceania, even in those she does not now possess, struck root so deep as to make such vestiges of race, language, customs, and religion as she left there indelible, can afford to suffer patiently the scoffing accusation that she is not a colonizing people. True it is Africa that is in question, and the Portuguese colonies in Africa are far from having attained that degree of civilization and prosperity which Brazil had when she separated from the mother country, and which the islands and archipelagoes which Portugal possesses in the Atlantic still have. But is there another nation in Europe that possesses African colonies in the same latitude as the Portuguese colonies which have attained a degree of economic and civilized development at all comparable with the development and civilization of its colonies in other parts of the world, or with those in Africa situated in latitudes more favourable for work, for the existence and for the propagation of the white races? On the other hand, it is true that Portugal, so long as she held the rich and important colony of Brazil, acted like her sister nations, and only looked upon Africa as a nursery of slaves for the husbandry spring from a recognized and effective jurisdiction. Such jurisdiction can only be exercised by Portugal, because no other nation has or claims to have any rights of sovereignty over those territories.

Portugal claims and proves those rights which, no less in history and treaties, are discernible in the evidence of language, religion, and culture which are to be found in a portion of the native population.

When, owing to the cessation of the traffic in slaves, that sterilizing trade was becoming converted into a lawful and civilizing one, it was still Portugal that by the continuous vigilance of her ships of war in those latitudes, by agreements entered into with the native chiefs, and by the repression she from time to time brought to bear against the depredations and raids of the most restless of the tribes on European establishments, paved the way for the trade which has now developed itself there. Without receiving any benefit for herself, without any immediate results save the expense of such vigilance and the imperilling the lives of her sailors and soldiers, Portugal has and is still exercising a police supervision over that grand river in its first navigable portion and in the adjacent territories, and is ever ready to render the aid which has oftimes been solicited by the managers of such of the mercantile establishments as are most exposed to the attacks of the natives.

As lately as the month of July last, in addition to the small steamer stationed on the Congo, the gunboat *Bengo* proceeded there, her aid having been requested by the manager of the Central African and River Congo Company (Limited), an armed attack having been made on one of their factories on the Quissengo by a so-called prince of that locality and his men.

The commander of the gunboat summoned the respective chiefs to a «fundação», species of conference, of which he drew up an Act concluding peace in the way customary among those populations.

On the same occasion this commander settled other disputes of a like nature. These results are due to the traditional principle of Portuguese authority which exists among the natives, and the knowledge that our people possess of their ways and that which many of them have of our language.

This is the uninterrupted, gratuitous service we are rendering to the trade of Europeans, without distinction of nationality, in those regions malevolence and envy are accusing us of wishing to confiscate to our own exclusive profit.

It has rarely been necessary to employ force, but when pacific interference has not sufficed we have always rigorously applied that means to repress native attacks on the factories, without inquiring the nationality of those who sought our aid.

In the absence of permanent occuption, which would render our action more easy and effective, we have exercised the most noble and disinterested part of the sovereignty that is disputed with us — viz., the protection of the life and property of Europeans and the security of trade.

THE QUESTION OF THE CONGO

By a fellow of the Statistical Society and Hon. member of the Lisbon Geographical Society.— London. Edward Stanford, 55 Charing Cross, 1883

To Portugal, and in a smaller degree to the whole of the civilized world, this question of the Congo has become one of considerable importauce. Until Stanley brought home to us the fact that, once past the rapids of its lower course, the Congo, with its numerous tributaries, would render accessible a vast portion of the African continent that river merely attracted the attention of slave dealers and their pursuers, of a few commercial firms engaged in more legitimate transactions, and of geographers. But now that Stanley, acting as the agent of an international association, has built a road past the cataracts, and Lieutenant de Brazza, on behalf of France, claims possession of a large tract of country alleged to have been effectively ceded to him by King Makoko, this question has come to the fore and urgently calls for a settlement.

The present state of these territories is unsatisfactory, and that some acknowledged authority must be established in them now, that traders and missionaries are likely to flock to the Congo in greater numbers than hitherto, will be admitted by all. Security of life and property must be obtained in places where now anarchy prevails and might overcomes right. Courts of justice must be established in order that cruelty and the retaliatory outrages following in its train may be suppressed, and agrieved parties be no longer obliged to appeal to the Governor of Loanda, who lives hundreds of miles away, or to the captains of men-of-war which chance takes to their neighbourhood.[1]

If there existed on the Congo a native king, willing to act on the advice of the European powers and to enter into serious treaty arrangements with them, and at the same time sufficiently strong to make himself respected and obeyed, introduction of European jurisdiction might be uncalled for. But the territories of the Congo are divided among a large number of small chiefs, some of whom acknowledge

---

[1] A fair insight into the manner in which the European factories carry on trade on the Congo may be obtained from O. van Sandick's Herinnerungen van de Zuid-Westkust van Afrika, Deventer, 1881. The author was an employé of the now defunct Dutch Trading Company. The frauds practised upon the natives are not peculiar to the Congo, but it is interesting to learn on undoubted authority that the Europeans established there buy and sell slaves, locally known as Coromanos or Kroomen. The assertions made by the representatives of this «demoralised race of traders (as Captain Curton calls them in «Two Trips to Gorilla Land», vol. ii. p. 26)» should be received with caution.

themselves to be the vassals of Portugal, but none of whose «states» enjoys even the rudiments of civilized organization.

Hence the necessity of placing this region under the dominion of some European Government! And whose claims to such dominion are greater and more substantial than those of Portugal? Can it be seriously entertained to set these claims aside in favour of Belgium or lurks there in the mind of some English statesman an intention of appropriating the Congo to some other purpose? Belgium as a State disclaims any intention of «acquiring an inch of ground on African soil»[1] whilst France has quite recently acknowledged without reserve the justness of Portugal's claim to the coast south of lat. 5° 12' S.

If Portugal's claim to the Congo were based merely upon the fact that Diogo Cam, in 1584, took possession of the river by erecting a memorial pillar at its mouth, there might be just grounds for questioning its legitimacy. Such, however, is not the case. Portugal is undoubtedly the discoverer of this region, but ever since its discovery she has proclaimed and exercised within it the sovereign rights to which she lays claim. She has insisted upon these rights in diplomatic declarations and legislative enactment, and sustained them by force of arms, as in 1648-60, when she expelled the Dutch filibusters, who held possession of the Lower Congo. She has, moreover, secured the recognition of these claims in treaties entered into with the leading powers, and notably, with England and France[2].

The Kings of Congo, whose territories extended at one time far beyond the river which now bounds them on the north, have been the vassals of the Crown of Portugal ever since 1491. They owe such power as they possess to the prestige of their liege lord, and the aid repeatedly extended to thém by the Portuguese. It was a Portuguese force which in 1570 freed Congo from an invasion of the Yakkas, in acknowledgment for which service the king ceded absolutely the coast extending south of the Zaire to Loanda. And as recently as 1860 a Portuguese force marched on San Salvador, and under its sheltering wing was crowned Don Pedro V, the king now reigning, whose claims had been contested by a pretender. On this occasion the king took the oath of allegiance to Portugal, as all his predecessors had done since the xv century. This kingdom of Congo, therefore, is indubitably a fief of the Crown of Portugal.

On the Congo itself, and in the territory to the north of it, the claims of Portugal are quite as satisfactorily established. If actual and uninterrupted «occupation» in the literal, not legal, meaning of the word, be essential to a claim for dominion, then Portugal has no such claim to the north of the Congo ever since she abandoned her forts at Kabinda and Pinda. But we maintain that such a claim is well founded if it be proved that the native chiefs acknowledge Portugal as their sovereign power, and that Portugal, at frequent intervals and for

---

[1] See the letter of the Secretary of the International African Association in the Appendix.

[2] For particulars of these treaties see p. 70.

definite purposes, has exercised her sovereign jurisdiction there without her right to do so having ever been questioned. We pass over the transactions of centuries now gone, particulars of which are given in the accompanying Statement. That the chiefs of Kabinda and Malemba acknowledge themselves to be the vassals of Portugal, is a fact perfectly well established and never seriously questioned.[1] It is a fact, too, that Portugal over and over again exercised her authority on the Lower Congo and to the north of it, for the benefit of the European factories established there. A few recent instances may be given. In 1853 certain disputes between the merchants of Banana and the natives were inquired into by the captain of a Portuguese man-of-war; the persons deemed guilty were sent to Loanda for trial, and Europeans as well as natives agreed that all future disputes between them should be referred to the Governor of Angola. Two years later the Portuguese were once more called upon to interfere, on which occasion many of the native chiefs renewed their allegiance. In 1857 an expedition was dispatched to punish the Musorongos for certain acts of piracy, and in 1869 the natives near Fetish Rock provoked a like interference. More decisive still in determining Portugal's claim to dominion is the appeal addressed by the Consuls of England and Holland to the Governor of Loanda, in 1876, which led to the dispatch of two men-of-war to the Congo, where, in the absence of regular authorities, some Europeans, in the alleged defence of their lives and property, had taken the law into their own hands. Still more recently, in September last, the captain of the *Duque da Terceira* held a court of judicial inquiry at Landana, and he did this not only with the consent, but actually on the invitation of all the European merchants established there, among whom were representatives of Messrs. Hutton & Cookson of Liverpool, and of the new Dutch African Company. As a result, two blacks accused of robbery were sent to Loanda to be tried. Subsequently the Portuguese vessel proceded to Ponta Negra, forty men were landed, and condign punishment inflicted upon some blacks who had robbed the Portuguese factories established at that point.

All these were acts of undoubted sovereignty, and if no forts have been built on the Congo, as was proposed to be done in 1838, this was solely in deference to certain objections raised by England and by England only. But that the hold which Portugal has upon the Congo, even in the absence of forts, is a very powerful one, is, among others, proved by the fact that out of 49 factories established there no less than 25 are Portuguese, that in many of the other factories Portuguese clerks are employed, and that in all Portuguese is the language in which intercourse is held with the natives.

But although, after the facts stated by us, no person of unbiassed judgment will refuse to admit that Portugal's claim to the Lower Congo is a very strong one, there still remains to be considered the

---

[1] The German expedition, to which we owe so thorough an exploration of certain parts of the coast districts to the north of the Congo, found such to be the case. See, for instance, Bastian's Die Deutsche Expedition, Jena, 1874, vol. i. p. 213.

question whether Portugal will be able, if called upon, for the common benefit, to maintain order, to protect merchants and missions in their lawful enterprises, and suppress the slave trade. This would have to be denied if there were any foundation for the sweeping assertions made in a petition recently addressed by the African Association of Liverpool to the House of Commons. It is there maintained that though for centuries Portugal has held over 1:800 miles of the coast of Africa, «neither trade nor civilization has made any marked or substantial progress», and the petitioners prophesy that the extension of Portuguese jurisdiction over the territories in question would inevitably result in the total destruction of British trade and the complete stoppage of progress and civilization in this part of the world.

These are serious charges, and it is well worth while to devot a few lines to their examination. It may at once be conceded that civilization has not made that progress in Portuguese Africa which philanthropists could have desired. But we may fairly ask, have other European nations been much more successful in their colonies, similarly circumstanced? It would be absurd to compare Angola with Canada or Australia, or even with the Cape Colony. But is Sierra Leone, that pet colony upon which so much thought and money have been expended, quite the success it was expected to turn out? Are the results obtained on the Gold coast so very much superior to what has been achieved in Angola, or have the French much to boast of on the Gaboon? Is Captain Burton misleading his readers when he says with reference to Loanda[1] that «for the first time after leaving Teneriffe, I saw something like a city» and that «society in Angola is not a whit inferior to that of any English colony in western Africa?»

Here, at all events, there appear to be present some of those outward signs of that civilization which the Liverpool traders deny to exist. Such signs may moreover be discovered in the existence of an observatory at Loanda (the only one in tropical Africa), in the numerous schools, including one of Art and Science, only recently established, and the wide extension of a knowledge of reading and writing among the natives who have attended them. Signs of civilization and progress are likewise evidenced in the steamers which connect Loanda with the interior, and in the surveys which have been made for railways. These we maintain, are substantial proofs of the progress of civilization. We may add to them the existence of institutions for local government, on a plan far more liberal than is to be found in any of our own crown colonies, and the administration of humane laws (which know no death penalty) by judges entirely independent of the political authorities. The laws now in force enable foreigners to acquire land on easy terms and to work the mines, and they grant, what in the eyes of many is more important still, the most perfect religious liberty. That such is the case is sometimes doubted by those whose knowledge of Portuguese affairs is based on obsolete information, and who are unaware of the vast strides which that little kingdom has in recent years made on the path of true liberty. When Senhor Ferreira

[1] Two Trips to Gorilla Land, I. pp. 21, 24.

de Amaral, the present Governor of Angola, had an interview with the Boers, who have recently established themselves in the district of Huilla, he said, in reply to their questions, that they might freely worship as Protestants, for religious toleration was not only guaranteed by the laws of Portugal, but was also consonant with Portuguese ideas, and that the recent introduction of civil registers made them perfectly independent of the clergy of the Roman Catholic Church.

But Angola not only enjoys many blessings of civilization, it is a progressive country too. True it is that in former times the slave trade was a source of much wealth to individuals, and laid the foundation of many a colossal fortune (just as it did at Liverpool), and that since its suppression the colony has passed through a serious crisis. But Angola has quite recovered from this blow; the development of her natural resources has called into life a legitimate commerce of considerable value, and this commerce is bound to grow, in proportion as the barriers erected in a time of narrow-minded political economy shall be removed. The imports and exports, which between 1823–32 only amounted to £ 350,437, rose in 1867–68 to £ 504,000, and reached in 1876 the respectable figure of £ 976,550. And this increasing prosperity is fairly reflected in an increasing revenue, which in 1876 amounted to £ 125,929, whilst in 1818, with the slave trade still flourishing and a duty of 38s. exacted on each slave exported, it fell short of £ 40,000.

The Portuguese Government is quite alive to the fact that this growth is entirely due to the removal of restrictions, the admission of foreign vessels since 1846, and a more liberal commercial policy. There is no call, therefore, to force it along a path which a consideration of its own interests makes it only too willing to take of its own accord. It is quite true that the tariff of Angola proper still knows differential duties, and that vexatious formalities are exacted at Portuguese custom-houses. But all these grievances and abuses tend to disappear under the influence of the enlightened views which now govern the destinies of Portugal. At Ambriz the imports pay a uniform duty of 4 per cent. *ad valorem*, whilst the exports are altogether free; and the tariff spontaneously introduced in 1877, in Mozambique, is far more liberal than the tariffs existing in most of our colonies[1]. All

[1] The following is an abstract of the Mozambique tariff of 1877.

Import Duties.— Cotton stuffs, 2·4d. a pound; cotton prints, 4.3d. a pound; muslins, lace, woollen stuffs, silks, and linen, 10 p. c. *ad valorem;* glass ware, 1·3d. a pound; copper, lead, &c., 1s. 4d. a cwt. (iron free); guns and revolvers, 6s. 8d. each; pistols, 2s. 3d. each; mattocks, 3·2d. each (all other articles made of iron are free); articles made of copper, lead, &c., 6 p. c. *ad valorem;* ships, 4.5 p. c.; powder, $2^{1}/_{4}$d. a pound; spirits 1s., 10d., beer, 5d. wine, $9^{1}/_{2}$ a gallon; tobacco and cigars, 5·5 to 1s. 4d. a pound; sugar 7s. a cwt.; molasses, 11d. a gallon; tea 4·1d. a pound; butter, 4·3d. a pound; olive oil, 5d. a gallon.

Export Duties.—Ground nuts, oil-yielding seeds, orchilla, 1 p. c. *ad valorem;* gums, hides and skins, 2 p. c.; rubber, wax and cowrie-shell, 4 p. c.; ivory, 6. p. c.

Transit Duties.—On articles included in tariff, 3 p. c.

All other articles, including iron and most articles made of iron, coal, books and paper, yarns, soap, salt, provisions, corn, coffee, cocoa, fish, &c., on all of which nearly all our colonies levy heavy duties, are free.

vessels, without distinction of nationality, are freely admitted to the ports without the payment of shipping dues. The customs formalities have been reduced to the simplest proportions, and warehouse-room is granted free of charge for six months. It is idle to suppose that the introduction of a similar regime on the Congo, joined to the abolition of all preferential duties, could possibly destroy legitimate British trade.

It may indeed become necessary to impose duties or taxes, in order to defray the cost of local administration. But the Portuguese Government has declared over and over again, that it is not intended to introduce regulations in restraint of legitimate trade, or to raise a revenue beyond what may be strictly necessary to meet the cost of occupation. The burdens so imposed upon European merchants (the vast majority of whom are Portuguese) will therefore be light, and they will in the end entail a positive advantage by ensuring order and security where lawlessness is now rampant, and where, in his frequent disputes with native chiefs, the white man is always called upon to «pay the piper», as Sandick has it.

As to slavery and the slave trade, it may boldly be asserted that they have no existence now, wherever a locality is under the direct administration of the Portuguese authorities, although they still maintain their ground in districts ruled by native chiefs, and in the European factories on the Lower Congo.

In this question of slavery little Portugal has acted her part nobly and unflinchingly, and has more than fulfilled every international engagement entered into. The memory of that great and noble statesman, Sá da Bandeira, will for ever be associated with the measures taken by Portugal for the removal of that blot from her escutcheon. It was he who caused in 1836 a decree to be published, which prohibited the export of slaves from Portuguese colonies; it was under his auspices that the treaty for the more effective suppression of the slave trade was concluded with England in 1842; and it was he again who in 1854 initiated the measures for the total abolition of slavery throughout all Portuguese colonies. In that very year the slave belonging to Government were set free, and the same measure was extended in 1856 to the slaves belonging to municipal corporations, charitable institutions and churches. In 1876 there existed not in any of the Portuguese colonies a single slave! What Portugal has succeeded in accomplishing at Loanda, Ambriz, Ambaca, and at other places under her immediat control, she will of a certainty also accomplish on the Congo, as soon as her authorities shall have been permanently installed there, and it is perhaps this prospect which has led to the outcry of certain European firms established there, many if not all of whom are buyers and sellers of slaves and employers of slave-labour[1].

---

[1] At Ambriz there existed up to 1855 a state of affairs very similar to that still prevailing on the Congo. In the year named Portugal occupied that place, and not only the slave-trade, formerly rampant there, but also lawlessness, has ceased, and given place to order and legitimate commerce.

We believe that the facts presented by us amply prove not only that Portugal's claim of dominion on the Lower Congo is well founded, but also that Portugal, inspired as she is now by the progressive ideas of the time, will be able to assert her authority there and exercise her trust to the benefit of commerce and civilization. There can be no doubt that an international court of arbitration would decide this question in favour of Portugal, just as similar courts have before this acknowledged her just claims to Delagoa Bay and Bolama island.

We trust, however, that no such appeal will be needed, and that England, guided by that spirit of justice and fair play which she claims as governing her policy, will permit Portugal to enter into full possession of the territories which law and equity alike entitle her to.

THE FORTNIGHTLY REVIEW

N.° CCXI. New Series. July 1, 1884. London

The Congo Treaty

When in 1877 the new tariff was framed for Mozambique, the re-corded intention of the Commission was that the highest duty should not exceed at 10 per cent. *ad valorem* standard. It is maintained by Mr. Hutton that on the contrary the duty as fixed by that tariff on plain unbleached cottons, and on dyed and printed Manchester and Glasgow goods, would subject these staple articles of export trade to the Congo ports to duties ranging from 25 to 30 per cent. on their value. There can be no question but that the particular contention raised by Mr. Hutton is not wholly devoid of foundation. It appears that owing to the low state of civilization amongst the native populations on the Congo, a trade of peculiar character has been carried on in this region by our manufacturers. The Congo market has been a favoured emporium for a class of inferior and flimsy fabrics that found no sale on the Mozambique coast, and which are of such incredibly low price, varying from $^3/_4$ to $2\,^1/_2$ d. per yard, that the duty, as fixed by the tariff, would really be burdensome. The case in point is therefore a special one............ The matter was pressed on the attention of the Portuguese Government with a request for a supplementary modification of the tariff so as to ensure that «in no case shall the specific rates of duty on textiles exceed the equivalent of 10 per cent. *ad valorem*». On March 27, official intimation reached the Foreign Office of the redress of the grievance by acceptance on the part of Portugal of an express engagement that there should be a maximum of 10 per cent. duty for the Congo «on cotton and other articles except tobacco, guns, brandy, and gunpowder». It is therefore a fact that the special grievance adduced by Mr. Hutton against the tariff provisions has been effectually removed. Nor can it be alleged that the excepted articles are subjected to charges of an excessive character. While in Natal 6s. 3d. and at the Cape 8s. 3d. are levied per gallon on spirits, the Congo traders will pay but 1s. 10d.; gunpowder, on which 6d. per lb. is levied in Natal, will be liable to only $2\,^1/_2$ d. per lb., while the Birmingham manufacturer, instead of having to pay £1 per gun as in Natal, will be empowered to furnish the natives with guns and pistols at a respective duty of 6s. 8d., and 2s.

2d. each. It is no exaggeration to say that the protests on commercial grounds against the provisions of the treaty have emanated not from those who are entitled to rank as the spokesmen of trade in a comprehensive sense, but from representatives of certain specific and individual interests. Speaking at the Bradford Chamber of Commerce, Mr. Mc Laren said: «It was very well known in Manchester and elsewhere that to a very large extent the people who were opposing the treaty were people interested in the Congo trade, and who were desirous that things should be allowed to remain as at present. Unquestionably the traders who had got this trade in hand had a very large monopoly, and they were enabled to reap very large profits». On the motion of Sir Jacob Behrens a memorial was voted by this Chamber in support of ratification of the treaty marked by elaborate and careful criticism of its provisions. The Cotton Spinners' Association in Manchester likewise recorded its opinion in a resolution: «That the Congo Treaty will tend to promote the interests of trade in that district, and by the maintenance of order, *enable small traders to conduct their business on terms of perfect equality with their more wealthy and powerful competitors*». These words deserve particular attention. They are pregnant with meaning as to the peculiar interests arrayed on mercantile grounds against the treaty.

. . . .

Now, however, the whole condition of things is changed. There is no slave-trade any longer on the Congo waters or anywhere on the West coast. But another trade has sprung up, a trade carried on by an aggregation of merchants from all countries, plying their avocations under conditions exempt from all police control, and marked by a state of things without fixed order and law. And this state of things is coincident with three important facts: 1. The interest which made it essential for England as an armed power to enter freely up the Congo waters has vanished with the cause that called for the presence of her cruisers, viz., the slave-trade. 2. The material development of Portuguese authority and organization in the settlements immediately contiguous, whereby reasonable ground would appear given for assuming that the actual extension of jurisdiction over the territory to which claims have always been laid, might be made to prove specially beneficial. 3. The simultaneous appearance and spread of new forces in the neighbourhood, which may very materially affect the general relations in that region, and possibly involve a distribution of power as well as an enforcement of regulations that would threaten to disturb the interest of commerce and free intercourse. It is upon a due consideration of these three facts that must depend judgment, whether, under existing circumstances, and quite irrespective of the stipulations it may embody, any treaty at all should be made involving recognition of Portuguese rights, the view of ensuring orderly governments on the Lower Congo. «Let matters go on as they are at present; but if that is impossible, then in that case you should hand over the Lower Congo to the International Association,» is Mr. Bentley's recommendation; adding that this body «could hold the Congo *in trust for the commerce of the world*». It is essential to see clearly in respect of this

African Association, for the opponents of the treaty are prone to hold it dimly up before the public as a kind of philanthropic and brotherly body, diffusing peace and love, and animated with a sublime spirit of purely liberal enterprise. It is not, however, quite easy to get hold of the requisite facts. A certain obscurity shrouds the steps of the Association, and makes it difficult to determine its actual doings ; though the energy characteristic of its eminent executive chief, Mr. Stanley, is unmistakably evident. A pamphlet «by a participator in the enterprise» furnishes what would seem to be official data about the proceedings of the «Comité d'Etudes du Haut Congo», founded in November, 1878, at Brussels, under the direct patronage and with the pecuniary assistance of the King of the Belgians, who, it has been stated in print, has himself inspired the publication in question. «The views and projects of the committee were inspired», we are told, «by purely philanthropic and scientific motives. It undertook to conduct exploration, but it had *no intention of engaging in commercial operations.*» The Association thus formed was a strictly private one. It possessed no charter. The King of the Belgians in his individual capacity stood at its back with the aid of his private fortune, but there was no pretence of Belgium as a state extending any recognition to the Association. It was simply a body of enterprising adventurers recruited from all countries indiscriminately and banded together by a common spirit of exploration. An Association of this constitution cannot lay claim to any international status, and can afford no such guarantees for the character of its operations as appertained to a body like the East India Company, acting under a charter which had behind it the controlling authority of a great State.

Under Mr. Stanley's leadership expeditions were dispatched, and at the date of this pamphlet (1883) the number of Europeans and Americans engaged in the service of the Association is stated to have exceeded fifty, who have formed stations at various points. How many of these exist is not quite clear. The pamphlet appears to mention no more than five, but on a map published this year at Brussels by Dr. Chavanne, and purporting to give the delineation of the present condition of these equatorial regions, a very considerable number of spots are marked, both along the Congo and across the continent between that river and the mouth of the Kilion, as settlements of the Association, and christened with characteristic names. If the Association considers itself to have a legal title to all the spots so indicated, the importance of the pretensions deserves serious attention, for, notwithstanding the disclaimer in the pamphlet of any commercial or other than scientific aims, facts have recently come to light which impart a very peculiar aspect to certain transactions of the Association. In the Blue Book just presented to Parliament will be found three treaties concluded by the representatives of the Association with native chiefs ; the terms in each being practically identical. They comprise : — 1st. Absolute cession and abandonment to the Comité d'Etudes of territories belonging to the chiefs. 2nd. Surrender by these chiefs to any right of levying tolls, as also of disposing of the natural resources in their territories, it being expressly stipulated that to the

Comité d'Etudes is to be ceded the right «to cultivate unoccupied lands, to exploit the forests, to fell trees, to gather caoutchouc, copal, wax, honey, and, generally speaking, all the natural produce that can be found; to fish in the streams, rivers, and watercourses; to exploit all the mines». 3rd. Obligation on the chiefs to furnish labour at «each station or factory». 4th. Obligation on the chief to join their forces with those of the Comité against all *«intruders, no matter of what colour»*. 5th. *Strict engagements that no others than agents of the Comité shall be allowed to come into and trade in the territories of these chiefs.* The terms on which this monopoly is set up in favour of the Comité are explicit beyond all possibility of doubt as to their meaning. Every article in these treaties is elaborately precise, and so framed as to defy all challenge as to its purport. Here is one enumerating with minute detail the valuable considerations against which the independent chiefs of the district Palla Balla have bartered away to the Comité whatever they had to dispose of:—«The cession of the territories specified in the last paragraph of Article I. is agreed to in consideration of a present given once for all:—1 coat of red cloth with gold facing, 1 red cap, 1 white tunic, 1 piece of white caft, 1 piece of red points, 1 one dozen box of liqueurs, 4 demijohns of rum, 2 boxes of gin, 128 bottles of gin (Hollands), 20 pieces of red handkerchiefs, 40 cringlets, and 40 red cotton caps, which the aforementioned chief admits having received.» It appears from a dispatch of Colonel Cohen's dated November, 1883, that the execution of the treaty containing this particular article, relating to a district lying to the south of the Congo, has met with some difficulty, the native chiefs having made a declaration to the representative of a Dutch factory, that they had not been aware of the meaning of the contract they had been induced to sign. It likewise appears that Lieutenant Van de Velde, the «Commandant of the International Association, sought to enforce acceptance of the treaty by placing an armed force in the town (of Palla Balla) and stopping all communication with Nokki». Subsequently, however, he saw reason to withdraw this force, and apparently fulfilment of the conditions of the treaty has been for the present suspended, without, however, the treaty itself having been cancelled; so that its stipulations might at any moment be invoked as binding on the natives, and as giving a title to the Association or any one to whom it might cede its rights. Possibly this catalogue of values proffered in consideration for the acquisition of title to exclusive rights may suggest reflections to the minds of those who have been loudly proclaiming the absolute disinterestedness of aim, and purely philanthropic principles actuating the pioneers of civilisation enrolled under the banner of the Comité du Haut Congo.

If this be so, additional matter for reflection cannot fail to be supplied by certain incidents of quite recent occurrence. Simultaneously with the expedition dispatched under the direction of Mr. Stanley, others were fitted out, also, it was stated, by private enterprise in France, to explore regions in the neighbourhood of the Congo, under the guidance of M. de Brazza. When, in July, 1881, Stanley reached the great Congo Lake, Stanley Pool, he found on the northern bank

M. de Brazza, who had worked his way from the river Ogouwé in the north, and had hoisted the French flag in sign of French dominion, over a settlement christened Brazzaville, in virtue of a cession of territory by treaty from a native chief. The claim so put forward in the name of France has not been disowned by the home authorities, nor has M. de Brazza limited the title of French acquisition to this one settlement. On the Ogouwé, a river, though not free from rapids, yet readly navigable to the sea, and in close proximity to the French settlement on the Gaboon, a station christened Franceville has been founded, which has been put into communication by road with Brazzaville. In correspondence with this extension of French dominion in the interior and on the banks of the Upper Congo, there has been another significant extension of the same on the sea-coast.

In the Parliamentary papers (Africa, No. 4) will be found all the documentary evidence as to the high-handed proceedings, in March, 1883, of Lieutenant Cordier, commanding the *Sagittaire,* man-of-war, who on the strength of an assumed desire on the part of some chief to enjoy the advantages of French protection, landed an armed force and took possession of Loango, which commands the entrance of the river Kwilu, affording a channel easily accessible and leading to points in close proximity to the Congo. In spite of the protest made by the Portuguese authorities, the flag of France continues to fly on the structure erected by Lieutenant Cordier. It is therefore indisputable that French conquest is being pushed in these quarters with marked energy. It must also be pointed out, that from this very point commences a stretch of three hundred miles along the seaboard up to Sette Cama, which is claimed by the Comité d'Etudes, whose flag has been hoisted along this tract in virtue of a treaty made by its agent, Captain Grant Elliot. Under circumstances like these it is impossible not to recognise at once the serious consequences that may be involved in the understanding (the existence of which is not denied) come to between the representatives of the Comité d'Etudes and the French Government, by which refusal is secured to the latter of all the interests in possession of the former in the event of the Association feeling disposed to withdraw from further prosecution of its action. The fact is beyond question that a contract has been signed, by which France would be in the position to claim the right to acquire possessions which as far as they depend on documentary titles would certaiuly stretch along the banks of the Congo, and over a range of territory extending from an unknown point in the interior to the Gaboon River inclusive. The presence of French authority installed on the Congo is deprecated by Mr. Bentley as even more objectionable than that of Portugal. «It may be better, no doubt, to have Portuguese there than to allow it to fall into the hands of France, who lately has given us a very disagreeable example of her methods in Africa on the Gaboon, where she has stopped missionary operations and done her best to cripple foreign trade.»

It is matter for surprise that, as far as I am aware, it has been left to this gentleman alone to glance at the consequences likely to be entailed on foreign trade in the event of the extension to the Congo of the tariff regulations in force in the immediately contiguous west African possessions of France. Not one word of allusion to this consideration occurs in the representations made by the mercantile bodies prominent in protesting against results, which, in their opinion, must ensue if the treaty in question comes into operation. It is, however, very evident that by the contract concluded between the Comité d'Etudes and France, the contingency of an extension to the Congo, Upper and Lower, of the commercial system in force in the French-African settlement, is by no means a remote one in the event of the present treaty falling through. The continued existence of the Association is in itself precarious. Practically it is the outcome of personal sacrifices on the part of one august individual, who has seen fit to devote large private means in its behalf. If the source of this supply should fail, the Associaton has nothing to fall back upon for material support adequate to effective maintenance of its ambitious undertakings. In such an event it would necessarily have to abandon its present position, and consequently the case contemplated in the convention with France would come into play. It is therefore a point of primary importance to bear in mind that, however much it might be desirable to have duties lower even than those in the tariff attached to the treaty, in every respect its regulations are infinitely more favourable than those of the Gaboon settlements tariff, and of the restrictions imposed on the navigation of the African waterways within French dominion. Under the existing Gaboon tariff, in virtue of a Presidential decree dated June 28, 1883, differential duties of 20 per cent. are exacted in favour of French goods. These differential duties are at the present time under revision, with the view of being raised to 75 per cent. In addition, navigation duties are levied on ships not of French origin, called *octroi de mer* and anchorage dues — charges which are specially proscribed under this treaty. Furthermore, an absolute monopoly has been established in favour of French ships, to the exclusion even of such foreign vessels as have paid the duties termed *droits et actes de francisation* for navigation of the rivers Senegal and (still more important) of the Ogouwé, the river leading up to Franceville, the station constructed by De Brazza, and the point from which a road has been made for caravan traffic to Brazzaville on the Congo. It requires no comment to bring out the serious character of this fact. It does, however, pass comprehension that men versed in trade and practically cognisant of the realities of the case, should have wholly disregarded to take any notice of this point in their criticisms of the consequences which the commercial regulations, sanctioned by this treaty, are likely to have on the fortunes of commerce in these African regions.

The only remaining point made against the letter of the treaty has been drawn from foreign parts. It has been said that the treaty must be bad because foreign traders as well as English have complained, and that any arrangement in regard to the Congo region must be self-condemned when concluded between England and Portugal in entire disregard of other Powers. It is true that foreign traders have raised their voices against the treaty coming into force. Notably, in Holland and Germany has this happened. At a recent meeting of the Berlin

Colonial Society, the secretary of the German Commercial Association, Consul Anneke, denounced this treaty as an instrument designed by England for the purpose of effectively barring the expansion of German trade with the Congo. That both these countries have carried on considerable trade with the Congo is undeniable. Foreign interests, however, have been perfectly safeguarded by the conditions on which the treaty has been negotiated. The allegations that this instrument implies a cession by England, and involves England in like individual obligations, is strangely at variance with fact. At so early a stage of the negotiations as March 15th, Earl Granville laid it down that the treaty «could not be a mere dual arrangement between the two countries», and that its «acceptance by other Powers would be indispensable before it could come into operation». According to Lord Granville's original proposal, the Commission to be intrusted with the responsibility for the proper observance of the stipulations regulating the navigation and trade of the Congo was to be one on which all the Powers were to be represented, according to the precedent of the Danube Commission. To ascribe to the English negotiators, as has been done by the Secretary of the German Commercial Association, a desire to steal a march and strike a selfish bargain, is simply absurd. The basis of the arrangement in the mind of the English negotiator was an international one; and from that basis he has not receded.

There is, therefore, as far as England is concerned, nothing to obstruct any Power from advancing any pleas it may have in behalf of special interests that may require further consideration, as the preliminary conditions to its adhesion. The basis of the arrangement is not bilateral, but distinctly international, and therefore, in spirit and intention, designed for the promotion of general interests. It is undeniable that existing interests are closely connected with the existing state on the Congo. These individual interests must be touched by an alteration involving a regulated payment by all indiscriminately of fixed duties, for a state where every one made the best bargain and secured the greatest advantage he could over his neighbours, through playing adroitly on the ignorance and the weakness of the natives. The condition of things in the Lower Congo under the regulations of this treaty would be one attended by order and by definite laws, in lieu of one marked at fits and starts by bargains at immense profits and by violent disorders. This improved state of things would, by the terms of the treaty, be put virtually under an international safeguard, and thereby secure for the commerce of the world at large free entry through the great waterway into the heart of the African continent. That an arrangement necessarily so advantageous in itself would be also singularly opportune at the present moment must be admitted by fair-minded observers. The secretary of the German Commercial Association himself, angry critic though he was, at the close of his address alludes to «intrigues at work on the Congo, such as cession of the settlements of the International Association to France»; and to new difficulties that might «arise at any moment». Under these circumstances it is to be hoped that public opinion will not allow itself to be misled by plausible and *ex parte* representations from interested parties into a false view of the bearings of a treaty which may, indeed, thwart the operations hitherto carried on by particular traders, but which will certainly extend to commerce at large and to civilisation as it presses forward in the region of the Lower Congo, the protection of settled government, with effective safeguards against harassing and vexatious interference in arrest of free intercourse and the enjoyment of religious liberty.=*W. C. Cartwright.*

STANLEY'S FIRST OPINIONS

Portugal and the slave trade.—Lisbon. Printing offices of Christovão Rodrigues. 1883

The following documents were originally published in 1878 in the Lisbon newspaper named *The financial and mercantile Gazette,* and were afterwards reprinted separately by the African committee of the Geographical Society.

That edition having run out, the committee of the Society resolved to have the present reprint of it made.

Far from being inopportune, these documents now offer a special interest, particularly when compared with some others of recent date which endeavour to illude the opinion of Europe on a subject which should be considered as finally liquidated, in face of the justice of history and European good sense.

Portugal is being greatly calumniated by those to whom it does not really suit, or those who wrongly suppose it does not suit them, that a regimen of order, justice and peace should be established on the Zaire, which only the sovereignty of Portugal has the right, and is in a position to organize in those parts of her african dominion.

We say with Stanley, in the letter which follows: *This is neither charitable nor wise.*

I

London, May 11th 1878. — To the Secretary of the Lisbon Geographical Society.

Your Excellency. — I have the honour to enclose you a letter sent by Mr. H. M. Stanley to the Secretary of the American Anti-Slavery Society.

Your Obedient Servant = (Signed) *H. M. Stanley.*

Copy of the letter sent to the Secretary of the American Anti-Slavery Society.

30 Sackville Street-London, Piccadilly W. — May 11th 1878.

Dear Sir. — First returning you my sincere thanks for the gracious manner you have conveyed to me the sentiments of your society, I beg to state that though slavery is not quite extinguished on the West Coast of Africa it has been suppressed so far that nothing but the embers of it remains. *The Portuguese Provinces are governed by men whom I believe to be animated by as pure a hatred of slavery as any British or American Philanthropist has shown.*

It would indeed be a venture some act for any slaver to attempt by land or by sea to revive slavery in Portuguese dominions.

What may transpire among the Negro subjects of Portugal in Angola reflects nothing on the Portuguese themselves any more than the domestic slavery at Cape Coast Castle or Accra in the British Dominion of Northern Cape Colony reflects on the English. How far the Coolie trade which you refer to may be a slave trade under a new name I cannot say, but I do not think the Governor-General Albuquerque was aware of it as being anything approaching to the odious traffic which is as degrading and detestable as it is damnable.

It is an easy matter to create a sensation upon this topic, and I find that the humanity of the newspaper World is rather prone to seek means to stimulate anything that may raise a cry against the old slave state.

But this is neither charitable nor wise.

From what I have observed, I know that the Portuguese Government Officials with that love for red tapeism for which they are celebrated have created a most effectual safeguard against slavery in their dominions by this procrastinating official machine.

Even the legitimate hire of a few blacks attracts the Argus eyes of a score of officials until the coffee or sugar planter groans in distress.

I was present at a party near Loanda where the hire of free blacks was discussed which elicited such a fierce denunciation of Portuguese Officials in general that was awful to hear. Though the words were only in accordance with their usual fury style I took the spirit which prompted them as answering those accusations which are causelessly directed at the Portuguese Government.

I have argued with the Governor General on several occasions and was delighted to observe that Portugal had awakened up. He is a bitter enemy of slavery. At the same time, there is a good deal of truth in what Cameron said. There is not the slightest doubt that Portuguese subjects like smugglers — on the frontiers — continue the trade of slavery when they can escape notice; but the broad distinction in fairness between Portuguese African, and European Portuguese ought to be drawn. It is the Portuguese African — the native of Bihé, and some ignorant Soba (chief) who are involved in this trade and not the Portuguese European. The «human freight» which you refer to as being bound for Saint Thomas and Prince Islands, consisted of a number of coolies from some part South of Loanda to another part of the Portuguese dominions. Whether just or unjust, I know nothing of the matter, not having paid much attention to it. I heard a number of wild assertions made by some Babwende Natives, but I found they were founded on old traditions of the slaving days of Congo.

The sale of mankind is still going on from one tribe to another, but such persons sold, are of those where the death penalty has been commuted to slavery. For instance, a man who steals a fowl or a goat — is liable to be slain unless he can be sold.

Professors of witchcraft are so detested that few of them escape the fearful doom which awaits the unhappy accused. Several times have Europeans stepped forward from awakened sympathy to save the unfortunate victims to superstition from death. Provided that the Europeans restore them to their liberty, we ought to exonerate them from the charge of maintaining the slave trade.

These liberal minded Europeans are, however, so few in number that not a twentieth part of the victims who might be saved are redeemed from death.

I have the honour to be, dear sir, your obedient servant = (Signed) *H. M. Stanley.*

11

Lisbon Geographical Society, 22 May 1878. — To Henry M. Stanley, Esq.

Dear Sir. — At the request of the Directors of the Lisbon Geographical Society, and the African Committee of the same Society, to whom I transmitted the copy of the letter addressed by you to the American Anti-Slavery Society, which you kindly favoured me with, I beg to return you their most grateful thanks for your kindness, and to assure you of the high esteem and consideration our Society entertains for you.

We much regret that you did not receive in due course our letter of congratulation on the triumphant result of your heroic exploration across the great negro continent. Believe, however, that the people to whom belongs the glory of having inaugurated in the fifteenth century, the noble and arduous task in which you have now obtained such well earned and elevated renown, comprehends the magnitude of your labours, and sincerely hails your triumph.

And that people, *so unjustly and systematically calumniated* by foreign writers and travellers, beholds with profound satisfaction that you endeavour with a dispassionate and noble frankness, to reestablish the truth of facts relating to the part Portugal has taken, and still takes, in contributing to the extinction of the infamous slave trade.

You do well to maintain your love of truth and justice on a par with your courage, as the want of that love irremediably tarnishes the greatest glories.

We began to abolish the infamous traffic, when England, the noble nation which has done so much to extinguish it, still defended it by the voice of her parliaments and statesmen. The proof of this priority is of singular simplicity.

It suffices to look over our legislation, and our colonial history. Let those read them who, while accusing us or speaking of us, do not always take the trouble to try and know us.

Not merely years, but centuries before Dr. Peckard, one of the first English abolitionists, proposed for a prize in the University of Cambridge (1785) the thesis which caused such a great sensation,

«Anne liceat invitos in servitutem dare?
«Is it licit to enslave others against their will?»

and before Clarkson, the great apostle of abolition, displayed prodigious science in a negative answer, we had not many doubts on that point, as by the Royal letters patent of 20th March 1570, of 11th

November 1595; 26th July 1596; 5th June 1605; 30th July 1609 and 10th September 1611, the condemnation of slavery and of the slave trade — «in the name of natural right» — of the American Indians, was positively proclaimed, and established with severe penalties.

We found the odious traffic in Africa when we landed for the first time on the great negro continent.

We did not establish it, and, what is singular, we never legitimized it as a principle, either in legislation or in social philosophy.

The same did not occur in some other countries...

On the contrary, we ever tried to mitigate the slave trade as much as possible, obliging it to be more in accordance with «the precepts of reason and justice» (Royal letters patent of 18th March 1684).

We commenced at an early date to put down the slave trade.

By the law of 19th September 1751 and decree of 2nd January 1767, we closed the Portuguese market in Europe against slavery, by declaring all negroes and mulattoes who should land on our European shores to be free.

We applied the same principle to our islands of Madeira and the Azores, by the laws of 26th February 1771, and 16th January 1773, that is, we commenced twenty years before Pensylvania and Denmark did, and thirty years even before England, the gradual abolition of slavery in our possessions.

At the present time, there do not exist *in any territory subject to the effective action of Portuguese laws,* either slaves or slave trade.

Liberi sumus, is an old Portuguese dogma. In our territory all are citizens, without distinction of colour, race, or creed.

This is the law.

But the practice?

The practice is simple. The law is fulfilled wherever it is possible so to do, and in the best manner it is possible to fulfil it.

Should Hans Stadens find in the festivals of Brazilian anthropophagy a few Normans, could he attribute to the French name a participation in that infamy?

Do the awful cruelties attributed to some Englishmen in the southern seas reflect dishonorably on the glory of England?

With respect to the transport and hiring of labourers for our agricultural colony of St Thomas *(S. Thomé),* nothing is more unjust, and nothing is easier to explain than the accusations and war which have been made against those facts, particularly by the English authorities of Northern Cape Colony.

It is merely a question of concurrence, like that which explains the accusations which are made against our dominion on the eastern coast of Africa.

Nature, our history, and our labours of centuries, have created for us a special position in Africa, which naturally excites much envy, and thwarts many ambitions.

We suffer the consequences of this fact.

I have now, Dear Sir, to offer you, with my personal thanks, the assurance of my feelings of highest regard and esteem. = The 1st General Secretary, *Luciano Cordeiro.*

AFRIKA ALS HANDELSGEBIET. WEST, SÜD. UND OST AFRIKA

VON FRITZ ROBERT

K. K. Berichterstatter fur die Pariser Weltausstellung 1878 und die internationale Colonial-Ausstellung in Amsterdam 1883.—Wien. Druck und Verlag von Carl Gerold's Sohn. 1883

3. Portugal

Trotzdem Portugal als Colonialmacht an Ausdehnung verloren hat, ja vielleicht gerade deswegen haben seine Colonien an Bedeutung gewonnen.

Wenn auch in letzter Zeit im Mutterlande und in den Colonien selbst von der Opposition bittere Klagen gegen die Regierung erhoben wurden, so muss ein unparteiischer Beobachter, der objectiv urtheilt, in vielen Hinsichten der portugiesischen Regierung dennoch ein verdientes Lob sprechen.

Betrachtet man die jetzige Lage der portugiesischen Colonien und vergleicht man sie mit der, in welcher sie kurze Zeit nach der Abschaffung der Sklaverei waren, so muss zugegeben werden, dass sie diesen sie so hart treffenden Schlag muthig ertragen haben und jetzt auf dem besten Wege sind, sich zu einer damals nie geahnten Höhe emporzuschwingen. Von den in letzter Zeit ergriffenen Massregeln werde ich nur drei erwähnen, welche die Fürsorge der Regierung des Mutterlandes für ihre Colonien bekunden:

Die Aufnahme eines Darlekens von 1.000:000:000 Reis im Jahre 1876 zur Aufführung von nützlichen Bauten in den Colonien.

Die Revision der Zolltarife für die Colonien und Inseln der afrikanischen West- und Ostküste.

Die Politik Portugals in der Delagoa-Bay-Frage, betreffend die Erneuerung des Handelsvertrages mit dem Transvaal und die Festsetzung eines biligen Transito-Zolles auf Waaren, die aus Lourenzo-Marquez nach der Boers-Republik gehen.

Möge die portugiesische Regierung baldigst durch Decretirung der Eisenbahn Lourenzo-Marquez-Transvaal dem Handel seiner dortigen Besitzunhen einen mächtigen Aufschwung geben!

Wenn auch, und wahrscheinlich mit Recht, der portugiesischen Colonialregierung der Vorwurf gemacht wird, dass der Civil- und Colonialdienst den grössten Theil der Colonial-Einkünfte verschlinge, so muss nicht vergessen werden, dass diese Macht nicht die einzige ist, die eine solche Anschuldigung trifft, und dass die meisten portugiesischen Colonien — als ehemalige Strafcolonien — wie alle anderen Strafcolonien der Welt lange mit den Uebeln, welche aus diesem Systeme erwachsen, zu kämpfen haben werden. Der Umstand, dass die meisten portugiesischen Deportirten, in den Colonien angelangt, auf freien Fuss gestellt werden, muss auch hier ganz besonders erwähnt werden, da dieser philantropische (?) Act der Regierung auf die moralische und daher auch wirthschaftliche Entwicklung seiner überseeischen Colonien einen directen Einfluss ausübt.

In administrativer Hinsicht stehen die Colonien wohl noch unter der, wenn auch indirecten Macht der Lissaboner Regierung. Man lässt ihnen jedoch einen Schein von Unabhängigkeit, welcher besonders in den Finanzangelegenheiten für mehr als einen blossen Schein gelten kann und der bezwecken soll, dass die Berücksichtigung der speciellen Colonialverhältnisse ermöglicht und vielleicht auch in zweiter Linie den Colonien selbst die Möglichkeit geschafft werde, sich nach und nach selbstständig zu entwickeln (?).

Die Generaladministration einer jeden portugiesischen Colonie in Afrika liegt in den Händen eines von der Lissaboner Regierung ernannten Gouverneur général, der als Civil- und Militäroberhaupt anzusehen ist und dem ein Colonialsecretär unmittelbar untersteht.

Die Administration der Finanzen ist einem von dem Gouverneur général präsidirten Colonial-Comité anvertraut und ist es dieser weisen Vorkehrung zu verdanken, dass die Localverhältnisse am besten berücksichtigt werden können und die Colonie sich nach und nach daran gewöhnt, ihre Finanzen selbst zu ordnen und zu verwalten. Dieses Colonialcomité «Junta da fazenda» genannt, besteht allerdings aus von der Regierung ernannten höheren Beamten, welche aber lange in den Colonien weilten und die dortigen specifischen Verhältnisse genau kennen.

Die Justizpflege wird durch ein Gericht zweiter Instanz in Loanda repräsentirt, während in religiöser Hinsicht die afrikanischen Besitzungen Portugals dem Lissaboner Patriarchen direct unterstehen.

Im Allgemeinen darf und muss hier bemerkt werden, dass die Portugiesen, die ersten Pionniere der europäischen Civilisation in Afrika, es gewesen sind, welche nach und nach die dortigen Eingeborenen mit den Weissen bekannt, man könnte beinahe sagen, vertraut gemacht haben.

Betrachtet man die socialen Verhältnisse der afrikanischen Colonien Portugals, den dortigen Verkehr zwischen Weissen und Schwarzen, so muss man zugeben, dass die Portugiesen diejenigen Europäer sind, die es am besten verstanden haben, die dortigen Eingeborenen zu sich zu erheben oder sich selbst ihnen zu nähern. Engländer, diese Colonisten par excellence, und Franzosen, haben es noch nicht erlernt, wie man mit diesen Völkern umzugehen hat, um sich dieselben nicht nur zu unterwerfen, sondern sich denselben nähern zu können. Der Neger, ein Kind, was Civilisation betrifft, muss als Kind behandelt werden. Milde und Strenge müssen mit Liebe gepaart, der Ernst mit dem Scherz verbunden werden, denn manchmal ''zt (Schreiber dieses hat dies auf seinen Reisen in verschiedenen Colonialgebieten Amerika's, Australiens und Afrika's öfters erprobt) ein freundliches, scherzhaftes Wort, ein leiser Streich auf die Backe viel mehr, als Gewalt, aber auch als Flehen! Unsere neuesten Brüder in Christo müssen in Civilisationssachen als Lehrlinge behandelt werden und sind die Portugiesen die erste aller Nationen, die diese Theorie entdeckt haben, und meines Erachtens die einzigen, die jetzt darnach handeln.

Wenn die Franzosen über die ihnen halb unterworfenen Völkerschaften Senegambiens einen grossen wirthschaftlichen Sieg durch die Einführung des Geldes (gemünzt) als allgemeine Wertheinheit ansttat der Guinée errungen haben, so haben die Portugiesen nicht weniger für die Civilisirung Afrika's gethan, indem sie ihre Nachbarn daran gewöhnt haben, dem ar der ganzen Westküste Afrika's herrschenden Principe der Ausrottung der vorhandenen Naturschätze zu entsagen und durch eigene Arbeit den grössten Theil ihrer Handelsproducte zu schaffen. Vergleicht man die Producte der portugiesischen Colonie Angola mit denen der anderen europäischen Colonien in Afrika, so wird man finden, dass nirgends so viel selbst gezogene Landesproducte in den Handel kommen, als in Angola.

1575 wurde diese Colonie, damals Sebaste genannt, von Paul Diaz de Novaes gegründet, und man kann sagen, dass Ende des 17. Jahrhunderts der dortige Handel sich zu einer gewissen Blüthe entwickelt hatte. Mit welchen Producten dieser Gegend würd man jetzt Handel treiben können, wenn die dortige Bevölkerung nicht von den Portugiesen erlernt hätte, sich durch Arbeit Handelsproducte zu schaffen? Hält man sich die Lage dieser 300 Jahre alten Colonien und die der anderen Colonien der Westküste, so z. B. der viel jüngeren Colonie Gabun gegen wärtig, welche als Handelsproducte nur die des weiten Innern aufzuweisen hat, weil an der Küste, ohne dass an die Zukunft gedacht, alles schon ausgebeutet, ausgerottet worden ist, weil nicht auf die Schwarzen gewirkt wurde, und die Weissen bis vor drei Jahren in dieser Hinsicht ebenfalls nichts gethan haben; so wird man hiernach das segensreiche Wirken der Portugiesen, der portugiesischen Colonialregierung beurtheilen können.

Liste des factoreries portugaises et étrangères établies sur les deux rives du Zaïre

Local	Factoreries portugaises	Factoreries étrangères
Chouzo	1 Martins.	—
	2 Rosa.	—
Iango-ango	3 Rosa.	Hollandaise.
Noki	4 Martins.	Française.
	5 Rosa.	Belge.
Mussuco	6 Rosa.	Hollandaise. Française.
Caia Camazia	7 Rosa.	Hollandaise.
Tchiela	8 Rosa.	—
	9 Rosa.	Anglaise.
	10 Rosa.	Française.
	11 Valle e Azevedo.	Hollandaise.
Boma	12 Oliveira.	Française.
	13 Ferreira da Costa	Anglaise.
	14 Valle e Azevedo.	Belge.
	15 Rosa.	—
Porto-luso	16 Rosa.	—
Pedra do Feitiço	17 Queriol (terrain)	—
Chincaksa	17 Factorerie portugaise	—
	17 Factorerie portugaise	—
	18 Barreto	—
Canga	19 Bento Raugel	—
	20 Domingos de Sousa.	—
	21 Martins.	—
	22 Jorge de Freitas	—
Passo Conde	23 Machado.	—
	24 Rosendo Naval.	—
	25 Oliveira.	—
Congoialla	26 Lopo.	—
	27 Sousa e Real	—
Chichiango	28 Jorge dé Freitas.	Anglaise.
	29 Rosendo Naval.	—
Quiquia	30 Santos Oliveira	—
Sinda	31 Domingos de Sousa	—
	32 Oliveira.	—
Ponte de Sinda	33 Antonio dos Santos.	—
Samboeiro	34 Jorge de Freitas	—
	35 Domingos de Sousa	—
Loango	36 Rosendo	Française.
	37 Lopo	—
Cassalla	38 Oliveira.	Hollandaise.
	39 Domingos de Sousa	—
Catalla	—	Hollandaise.
Porto da Lenha	—	Anglaise. Hollandaise.
Inteia	40 Francisco Franco	—
Vumpa	41 Domingos de Sousa.	Hollandaise.
Quissanga	42 Domingos de Sousa.	Anglaise.
	43 Oliveira.	—
Mallela	44 Rosendo.	—
	45 Costa.	—

Local	Factoreries portugaises	Factoreries étrangères
Porto Rico.........	46 Factorerie portugaise......	—
Sanga	47 Factorerie portugaise......	—
Sunga	48 Factorerie portugaise......	—
Banana	49 Rosa	Hollandaise. Française. Anglaise.
Chimposa	50 Valle e Azevedo.........	—
	51 Rosa..................	—
	52 Martins...............	—
Melembulu.....	53 Factorerie portugaise......	Française.
	54 Factorerie portugaise......	—

Toutes les factoreries hollandaises appartiennent à la nouvelle Association africaine du commerce, de Rotterdam, les anglaises à Hatton & Cookson et à la Congo & Central African Cᵒ, les françaises à Daumas Béraud & Cⁱᵉ, les belges à l'Association internacionale africaine.

QUESTION DU ZAÏRE

Droits du Portugal

Bases de la souveraineté (1).
Principes sanctionnés et invoqués, exemples (2 à 11).
    Découverte (12 à 23).
        Priorité :
            Autorités étrangères qui la reconnaissent (23).
        Nationalité :
            Diogo Cam, 1484 (17).
            Ruy de Sousa, 1491 (18, 2°; 20 et 21, 1°).
            Gregorio de Quadra, 1521 (21, 2°).
            Balthasar de Castro, 1526 (21, 2°).
            Manuel Pacheco, 1537 (21, 2°).
            Domingos Abreu de Brito, 1596 (21, 5°).
            Antonio Oliveira de Cadornega, 1639–1669 (21, 6°).
            Garcia Mendes Castello Branco, 1622–24 (21, 9°).
Possession (24 à 87).
    Commencement (animo dominii) :
        Lettres royales du Roi D. João II, 1481 (24).
        Monuments érigés :
            Diogo Cam, 1484 (25, 3°).
            érigés aussi par la France et l'Angleterre (26).
        Restriction de Phillimore (27).
        Principes de droit sur la possession (28 à 32).
    Continuation :
        Roi de Portugal, seigneur de Guiné, 1485 (33).
        Connaissances en Europe au temp des découvertes en Afri-
        que (34).
        Etablissement du commerce par les Portugais (34, 6° et
        35).
        Le Roi du Congo feudataire du Roi de Portugal (36 et 37).

Intervention demandée au Portugal par l'Angleterre et la Hollande, dans le but d'apaiser des troubles dans le Zaïre, 1876 (81).
Protestations :
Par devant le gouvernement anglais, 1853 (83).
Une autre par devant le gouvernement anglais en 1875 (85).
Du délégué portugais au Congrès international de géographie commerciale de Paris, 1878 (86).
De la Société de géographie de Lisbonne par devant l'Association internationale africaine, 1880 (87).
Reconnaissance (88 à 115).
Implicite.
Bulles des papes, 1452, 1454, 1455, 1481, 1497 et 1815 (90).
Traité hispano-portugais, 1529 (90, 3°).
Réclamations du Portugal prises en considération :
Par la France, 1531 (92), 1537, 1538 (93).
Par l'Angleterre, 1501 (94), 1555 (97), 1556 (98), 1561 (99).
Traités :
avec l'Angleterre, 1572-1576 (101), 1642 (102, 1°), 1654 (102, 2°).
avec la France, l'Angleterre et l'Espagne, 1763 (104, 1°).
avec l'Angleterre à Rio de Janeiro, 1810 (108)?
avec l'Angleterre à Vienne, 1815 (109)?
additionnel, 1817 (110)?
Déclaration de l'Angleterre.
Explicite :
Bulle du 15 octobre 1577 (90, 8°).
Traité avec la France, 1786 (105 et 106).
Négociations d'un traité avec l'Anglaterre en 1838 (111) (pas terminé).
Note de lord Palmerston de 1846 (115, 7° et 8°).